घरवापसी
(उपन्यास)

घरवापसी

अजीत भारती

Concept & Premise :
Charu Shree Roy

हिन्द युग्म

ISBN: 978-93-87464-05-6

प्रकाशक :
हिंद युग्म
सी-31, सेक्टर-20, नोएडा (उ.प्र.)-201301
फ़ोन- +91-120-4374046

मुद्रक : मनीपाल टेक्नोलॉजीज लिमिटेड
आवरण-चित्र : तहसीन अख़्तर

पहला संस्करण : मार्च 2018
चौथा संस्करण : सितंबर 2024
मूल्य : ₹249

Ghar Wapsi
A novel by *Ajeet Bharti*

Published By
Hind Yugm
C-31, Sector-20, Noida (UP)-201301
Phone- +91-120-4374046
Email- sampadak@hindyugm.com
Website- www.hindyugm.com

First Edition: Mar 2018
Fourth Edition: Sep 2024
Price: ₹249

माता निशा देवी को
जिसकी ज़िद ने स्कूल भेजा,
और
पिता राम विलास सिंह को
जिनकी मेहनत ने मुझे सबकुछ बनाया

घरवापसी क्यों

मेरी पहली किताब 'बकर पुराण' ने मुझे एक व्यंग्यकार के रूप में पहचान दिलाई। 'बकर पुराण' उस युवावर्ग की कहानी है जो विस्थापित है। वो अपनी पढ़ाई और बेहतर भविष्य की तलाश में छोटे गाँव/शहर से उठकर सीधा दिल्ली जैसे शहर में आ जाता है। यहाँ उसे एक कल्चरल शॉक लगता है क्योंकि चीज़ें, घटनाएँ और लोग वैसे नहीं हैं, जैसा उसने आज तक देखा था। उन्हीं कहानियों और अनुभवों को पाठकों के एक वर्ग ने एक हल्के-फुल्के हास्य की तरह पाया जिसे आप चलती ट्रेन से लेकर, चाय पीते हुए मज़े लेकर पढ़ सकते हैं; तो वहीं एक दूसरे वर्ग ने इसे हमारे वर्तमान समय के एक गंभीर सामाजिक दस्तावेज़ के रूप में देखा। हास्य-व्यंग्य को 'हँसते हुए' ही साहित्य में हाशिए पर रखा दिया जाता है जबकि ये कहीं से भी हँसने की बात नहीं होती। 'बकर पुराण' अपने व्यंग्य के माध्यम से बड़े शहरों की चकाचौंध को, उसकी जीवनशैली को, उसकी विसंगतियों को आपके सामने लाता है, जहाँ आप हँस तो लेते हैं, लेकिन फिर आपको लगता है कि ये हँसने की बात नहीं है।

'बकर पुराण' के बाद फ़ेसबुक आदि के माध्यम से बराबर संदेश मिलते रहे कि मैं इसका दूसरा भाग भी लिखूँ। लेकिन वो करना अपने-आप को स्थापित करते हुए ज़बरदस्ती खींचने जैसा है। मैं व्यक्तिगत तौर पर इस तरह के कार्य का विरोधी हूँ। ये वैसा ही काम है जैसे फ़िल्मों में एक तरह की कहानी जब हिट हो जाती है तो हर फ़िल्मकार और अभिनेता आदि वैसी ही फ़िल्में बनाने लगते हैं। एक साहित्यकार को अपने कम्फ़र्ट ज़ोन से बाहर आना चाहिए। ख़ासकर हिंदी के नवोदित साहित्यकारों को, जिसमें अधिकतर अपनी किताबों के पहले पन्ने पर ही ये लिखकर हाथ खड़ा कर लेते हैं कि वे साहित्यकार हैं कि नहीं उन्हें नहीं पता, अपने-आप को इस तरह घिसने से बचना चाहिए।

हिंदी के साहित्यकार (या किताबकार, अगर वो ख़ुद को साहित्यकार नहीं मानते) अपनी किताबों से उतना पैसा नहीं कमा रहे कि वे स्वतंत्र रूप से लेखन में घुस जाएँ। कहने का तात्पर्य यह है कि हमारे पास हारने के लिए कुछ भी नहीं है। हमें रिस्क लेना चाहिए। हमें यह देखना चाहिए कि हमारी सीमाएँ क्या हैं। दु:ख होता है जब देखता हूँ कि कई लोग एक ही तरह की कहानी, पात्रों और जगहों के नाम बदलकर नए कलेवर में 'बेच' लेते हैं। लगता है कि इन लेखकों के लिए कॉलेज के प्रेम के बाद कुछ लिखने को है ही नहीं। फिर आप यह रोना नहीं रो सकते कि हिंदी में साहित्य की स्थिति ख़राब है। आप मुक्तिबोध, प्रेमचंद, प्रसाद, बच्चन, वर्मा की बातें करते रहते हैं लेकिन उनके लेखन की विविधता को आप समझने को तैयार नहीं।

यह उदास करने वाली स्थिति है कि आज के बहुधा लेखकों को (या जो बनना चाहते हैं) कविता या कहानी में प्रेम के अलावा कुछ और नहीं दिखता जबकि मानवीय संवेदनाओं की सीमाएँ न जाने कहाँ तक जाती हैं! आप हिंदी के स्वर्णयुग को लेकर नॉस्टैल्जिया में नहीं जी सकते जबकि आप ख़ुद उसे उसके अंधकार युग से बाहर निकालने में कोई मदद नहीं कर रहे हैं। मैं भी चाहता तो वही कर लेता, क्योंकि मेरी किताब दो साल के बाद भी एमेज़ॉन के हास्य-व्यंग्य की लिस्ट में हिंदी भाषा की नंबर एक किताब है। लेकिन यह करना अपने ही साथ बेईमानी हो जाती।

'बकर पुराण' मेरे लिए एक नया प्रयोग भी था क्योंकि हिंदी की मुख्यधारा के लेखन में एक तरह की अभिजात्यता दिखती थी। यहाँ आपको शब्द-विन्यास और शैली में एक बड़ा-सा दायरा दिखता था, जिससे बाहर जाते कोई नज़र नहीं आया। पिछले तीस सालों में बाज़ार के खुलने से, हमारी कॉलोनी और गाँवों में अँग्रेज़ी माध्यम के स्कूल आ जाने से हमारी भाषा पर प्रभाव पड़ा है। उसमें नए शब्द आए हैं। सोशल मीडिया ने बोलचाल की भाषा के दायरे को तोड़ा है। बातचीत की शैली बदली है। इसीलिए 'बकर पुराण' में उस शैली को एक प्रयोग के तौर पर रखा गया। यह सफल रहा। वो मैं इस बिना पर कह सकता हूँ कि अब उसी शैली में बहुत नए लोग फ़ेसबुक आदि पर लिखते नज़र आ रहे हैं। इसीलिए, वहाँ फिर से एक वैसी ही किताब की कोई ज़रूरत नहीं। वैसी ही किताब लिखना अब किसी और के ज़िम्मे है, मेरे नहीं।

'घरवापसी', 'बकर पुराण' से अलग तरह की किताब है। यूँ तो विस्थापित युवा के संघर्ष और आंतरिक संवाद यहाँ भी दिखते हैं, लेकिन संदर्भ अलग हो जाता है। 'घरवापसी' के मूल में संघर्ष है। यह संघर्ष एक बच्चे का अपने जीवन के उद्देश्य को लेकर है जो कि लगातार उसके अंदर कुलबुलाता रहता है। वह इससे परेशान होता है, और इससे निकलने का हर प्रयास करता है। यह रिश्तों की कहानी है जहाँ पिता-पुत्र, पति-पत्नी, दोस्ती जैसे वैयक्तिक रिश्तों के साथ-साथ व्यक्ति का अपने समाज के साथ बने रिश्ते को भी जगह दी गई है। हम वही होते हैं जो हमारा समाज हमें पालकर बनाता है।

व्यक्ति तरह-तरह के वातावरण से ली गई हवाओं के ख़ून तक में संचारित होने से वो बनता है जो वो बन जाता है। हमारा दौर, पहले के तमाम दौरों की तरह, मिश्रित और बनावटी वास्तविकताओं का दौर है। सूचनाएँ आती हैं, जाती हैं, हम उनके हिसाब से, उन्हें समझते हुए, खुद को उनके अनुरूप, विपरीत, या निरपेक्ष रहते हुए व्यक्तित्व में बदलाव लाते, या नहीं लाते हैं।

बिहार से बाहर आ चुकी एक पूरी पीढ़ी के भीतर यह संघर्ष चलता रहता है। कहने का सीधा मतलब यह है कि हमारे अंदर कई लोग होते हैं। किताबों में लिखे शब्दों से लेकर फ़ेसबुक, व्हाट्सएप्प, दोस्तों के बीच की बातों में और पारिवारिक जगहों पर हम अलग-अलग व्यक्ति होते हैं। हर जगह हमारी आकाँक्षाएँ अलग होती हैं, संघर्ष अलग होता है। सुखमय वर्तमान अपनी वि-स्थापित जड़ों को नई मिट्टी में सींच तो रहा है, लेकिन वो पुरानी नम तासीर नहीं मिलती। दो दुनिया के बीच फँसा हमारा जीवन न तो दिल्ली का हो पाता है, न बेगूसराय के रतनमन बभनगामा गाँव का। वो बहुत कुछ करना चाहता है, लेकिन सब भीतर ही कहीं क़ैद रह जाता है।

विस्थापन का सबसे बड़ा दर्द अपने घर को छोड़कर बाहर आना नहीं है। उस दर्द को आप अपने नए परिवार के साथ जी लेते हैं। आप ख़ुद को समझा लेते हैं कि आपके बच्चे के बेहतर भविष्य के लिए आपका विस्थापित होना सही है। लेकिन एक बड़ा दर्द हमेशा यह रहता है कि आप उसी गली में दोबारा जा पाते तो उसे थोड़ी बेहतरी दे पाते। हर बार गाँव जाते वक़्त रिक्शा वाले से यह पूछ बैठना कि 'अरे अभी भी सड़क नहीं बनी', या 'दहेज के लिए अभी भी जला देते हैं', उसी दर्द का विस्तार है। आपके मन में यह आता है कि इसमें कुछ बदलाव कर सकते आप, लेकिन वो हो नहीं पाएगा। क्योंकि अपने

भविष्य के सामने समाज का भविष्य हमेशा पीछे रह जाता है। बहुत कम लोगों में यह हिम्मत होती है कि जब वो सड़क पर खड़ा हो तो वापस मुड़ जाए।

डॉ. विवेकी राय जब उस सड़क पर खड़े हुए तो उन्होंने कुछ और चुना। उनके सामने भी परिवार, बेहतर जीवनशैली, बेहतर भविष्य की नींव का पत्थर पड़ा था। साथ ही, उनके सामने ही वो गाँव भी था जिसने उन्हें इस लायक बनाया था कि वे अपने भविष्य को बेहतर कर सकें। समाज भी एक परिवार होता है, वो भी एक माँ-बाप का जोड़ा है जो आप में निवेश करता है। हमारी पीढ़ी माँ-बाप को भी त्याग देती है, और समाज के नाम पर उसके पास कुछ वैसे फ़ोन नंबर के अलावा कुछ नहीं होता जिससे आनेवाले कॉल को वो ख़ाली वक़्त में भी उठाने से पहले सोचने लगता है। घरवापसी के अंतर्द्वंद्व से हमारी पीढ़ी हर रोज़ जूझती है।

वही अंतर्द्वंद्व इस कहानी के मुख्य पात्र रवि का भी है। उसके अवचेतन में कोई नोचता है, खरोंचता है, चिल्लाता है... लेकिन उसके चेतन का विस्तार, उसके वर्तमान की चमक उस छटपटाहट को बेआवाज़ बनाकर दबा देते हैं। रवि अपनी अपूर्णताओं को जीते हुए, उनसे लड़ते हुए, बचपन में पूछे गए एक प्रश्न के उत्तर का पीछा करता रहता है कि उसे क्या बनना है। अपने वर्तमान में सामाजिक दृष्टि से 'सफल' रवि का अपने अवचेतन के सामने आने पर, ख़ुद को लंबे रास्ते के दो छोरों को तोलते हुए पाना, और तय करना कि घर लौटूँ, या घर को लौट जाऊँ, ही 'घरवापसी' की आत्मा है।

अजीत भारती
रतनमन बभनगामा
बेगूसराय, बिहार
(...और दिल्ली)

eMail: ajeetbharti@hotmail.com
Website: www.ajeetbharti.com
Facebook: facebook.com/ajeetbharti.page
Twitter: twitter.com/ajeetbharti

धन्यवाद

चारू श्री रॉय और कमांडर अमित रॉय का नाम लिए बग़ैर इस किताब की बात करना असंभव है। पुस्तक के कॉन्सेप्ट से लेकर, आपके हाथों में पहुँचने तक अमित जी और चारू जी से इनके पात्रों, घटनाओं और उनके संघर्षों पर लगातार चर्चा होती रही, ताकि ये बेहतर कहानी के रूप में आप तक पहुँचे। ऐसे जीवंत पात्रों को, जो कि चारू जी की निजी ज़िंदगी में बहुत अहमियत रखते हैं, मेरे साथ साझा करने के लिए उनका धन्यवाद।

उसी कड़ी में, कहानी को बेहतर बनाने में भारती गौड़ जी के महत्त्वपूर्ण सुझाव मिले जिनके लिए मैं आभारी हूँ।

‘‘मैं तो तुम्हारी पत्नी हूँ, प्रेमिका क्यों कहते हो?’’ मंजरी ने थोड़ा आश्चर्य जताते हुए पूछा और वह अपने दाहिने हाथ की कोहनी को बिस्तर पर टिकाकर रवि के सामने हो गई। सोमवार की सुबह, जगने और बिस्तर से निकलने के बीच, चल रहे निरंतर संवाद की गति इस प्रश्न के आने से कुछ धीमी और गंभीर हो गई।

‘‘पत्नी बनना, बनाना तो सामाजिक प्रक्रिया है। पत्नी होना तो मुहर है। तुम मेरी प्रेमिका ही हो, हमेशा रहोगी। और मैं तुम्हारा प्रेमी। यही रिश्ता है, यही होना चाहिए। बाकी सब नाम हैं, शब्द हैं जिनके मायने परंपराओं में, समयों में, जगहों पर बदल जाएँगे। पत्नी बूढ़ी हो जाती है, पति वृद्ध हो जाता है। प्रेमिका हमेशा ही एक ही अवस्था में होती है। प्रेम उम्र से परे होता है। प्रेम समय के पार होता है। पति-पत्नी अशक्त हो जाते हैं, मर जाते हैं। प्रेम हमेशा जीता है। प्रेम शाश्वत है। इश्क़ ज़िंदा रहता है, शरीर मर जाता है। प्रेम... प्रेम की पराकाष्ठा ईश्वरत्व के सबसे समीप होने की अवस्था है,’’ रवि ने मुस्कुराते हुए कहा। मंजरी भी लगातार मद्धम मुस्कान के साथ चेहरे बनाती हुई रवि को ताक रही थी।

‘‘इंजीनियर के मुँह से कोड और मशीन के पुर्ज़ों की बात सुनना सटीक लगता है। तुमको दर्शन का कीड़ा बहुत जोर से पकड़े हुए है। वैसे प्रचलन तो यही है कि देश के अधिकतर इंजीनियर या तो शायरी कर रहे हैं, या प्रेम कहानी लिख रहे हैं... आर्ट्स ही पढ़ लेते,’’ मंजरी ने रवि की फैलती आँखों के सामने अपनी बात रखी।

‘‘पहली बात, जब मैं तुमसे प्रेम करता हूँ तो मैं रवि भी नहीं होता, मैं

इंजीनियर नहीं होता, मैं मीठी का पिता नहीं होता, मैं वो नहीं होता जिसने तुम्हारे साथ शादी की। जब मैं तुमसे प्रेम करता हूँ तो मेरे सारे पहचान खो जाते हैं, घुल जाते हैं वो तुमसे इश्क़ करने के दौरान। मेरा होना तुम्हारी साँसों के उतार-चढ़ाव में ख़त्म हो जाता है। मैं सिर्फ वो होता हूँ जो तुमसे प्रेम करता है। प्रेम खुद से जुड़े सारे विशेषणों को खोने की प्रक्रिया है। उस क्षण में न तो इस शरीर का एहसास रहता है, न ही अपने चौबीस घंटे चेतन रहते इस मस्तिष्क का ख़्याल होता है। ये हर प्रेमी का निजी अनुभव है। दर्शन तो ये बाद में बनता है, जब इसे कोई शब्दों में ढालकर कहीं लिख देता है, सुना देता है, गा देता है, रंगों में लपेट देता है। तुमसे प्रेम करना मेरे होने को कई गुणा बेहतरीन कर देता है...'' रवि ने उठते हुए कहा, ''और इंजीनियर तो ढकेल कर बना दिए जाते हैं देश में, लगभग वैसे ही जैसे शादियाँ हो जाती हैं। फिर मैकेनिकल का लौंडा भी कोडिंग करने लगता है, और समाज द्वारा चुनी हुई अनजान लड़की से भी प्रेम हो जाता है।''

''सच में! प्यार अंधा होता है... वरना मैं तुम्हें कैसे भा गई?'' मंजरी ने एक तरफ़ से बिस्तर बनाते हुए पूछा।

''जानती हो, जब लोग कहते हैं न प्यार अंधा होता है, वो हमेशा इसे नेगेटिवली देखते हैं जैसे कि ऐसा करना कुछ गलत है। प्यार अंधा होता है, जरूर होता है लेकिन ये अंधापन कानून की आँखों पर लगी पट्टी की तरह है जिससे तुम्हें इससे फ़र्क़ नहीं पड़ता कि तुम्हारा प्यार कैसा दिखता है, किस जाति का है, किस धर्म का है, उसकी आवाज़ सुरीली है या कर्कश... प्यार का अंधापन शायद आत्मा तक पहुँचने का ज़रिया है। प्यार अगर अंधा नहीं होगा तो किसी न किसी पहचान के चक्कर में वो तुम्हें निराश कर देगा। क्योंकि हर ऐसे पहचान पर समय का रंग चढ़ता ही है। इसलिए मुझे 'तुम'...'तुम' सुंदर लगती हो, लगी थीं, न कि तुम्हारा चेहरा, तुम्हारी आवाज़ या तुम्हारा गणित में कम नंबर लाना...'' रवि ने तकिये को सिरहाने रखते हुए कहा तो मंजरी ने गणित वाली बात सुनकर तकिया उठाकर रवि की ओर फेंका।

''सब कुत्ता काशी ही चला जाएगा? सब मैथ्स ही पढ़ेंगे तो तुम्हारे शर्ट को कौन डिज़ाइन करेगा इंजीनियर साहब? ये जो मीर-ग़ालिब-साहिर-फ़ैज़-फ़राज़ करते हो, ये कौन करता? तुम्हारे संगीत कौन बनाता?'' मंजरी ने रवि

को पीछे से पकड़कर बिस्तर पर गिराते हुए कहा, ''खैर, तुम चाय बनाओ। मैं मीठी को जगाती हूँ।''

रवि ने पलटकर मंजरी को चूम लिया, तो उसने आँखें बड़ी करते हुए कहा, ''ये करना ज़रूरी होता है?'' रवि का जवाब था, ''बिल्कुल। ऑक्सीजन है ये तो!''

***

रवि पेशे से इंजीनियर था और मुंबई के एक बड़े मल्टीनेशनल में काम करता था। मल्टीनेशनल कंपनियों की एक अलग लाइफ़स्टाइल होती है जिसमें आदमी लगभग रोबोट हो जाता। चाहे आपका सुबह जगने से लेकर ऑफ़िस जाने, वहाँ होने से, लेकर वापस आकर सोने तक की एक-एक चाल प्रोग्राम्ड हो, या फिर आपकी सोच का सिर्फ़ एक ही दिशा में सोचना। अलार्म से जगने से लेकर, गले में कुत्ते के पट्टे की तरह की आइडेंटिटी कार्ड लटकाकर एक नकलीपन से भरी ज़िंदगी, जो पैसे तो देती है लेकिन आपका जूस निकालकर आपके परिवार वालों के लिए, आपके अपने सपनों के लिए, सिट्ठी के रूप में आपको फेंक देती है। आपमें न तो रस होता है, न ही बेस्वाद पानी। कुछ भी नहीं। सिर्फ़ दबाव से सूखे वो हिस्से जो पहचान में नहीं आते।

यह जीवनशैली बैचलर लड़के-लड़कियों में और भी भयावह होती है। जहाँ आप लगातार आगे बढ़ते जाते हैं, आपकी सैलरी बढ़ती है, आपको पर्क्स मिलते हैं, विदेश में हो आने जैसी बातें हो जाती हैं लेकिन दिन के अंत में आप क्या बचते हैं, ये आपको अच्छे से पता होता है। ये कंडिशनिंग इतनी भयावह होती है कि आदमी इसको नॉर्मल मानकर न सिर्फ़ सही मानने लगता है बल्कि इस लाइफ़स्टाइल को अतिउत्तम मानकर चर्चा के लिए तैयार रहता है। मध्यमवर्गीय बच्चों के लिए नौकरी पा लेना ही बहुत बड़ी बात होती है, और उसके बाद यह चकाचौंध उसको ऐसे चबा जाती है कि उनको पूरी ज़िंदगी इसका अहसास तक नहीं होता, क्योंकि आपके पास इसपर सोचने का समय नहीं होता। आप ख़ुद से ये बात करने में सक्षम नहीं होते।

यह जीवनशैली आपको बाक़ी दुनिया से ऐसे काट देती है कि आपको फ़ेसबुक आदि की दुनिया ही सच्ची लगने लगती है। सारी चर्चाएँ वहीं होती हैं। देश की विदेशनीति से लेकर, भारतीय क्रिकेट टीम में किसको खेलना चाहिए और सलमान बेहतर एक्टर है कि शाहरुख़, सारी चर्चाएँ यहीं होती हैं। यह हमारी कॉरपोरेट ज़िंदगी की घटिया सच्चाई है कि आतंकी हमलों में मरने

वालों के लिए हमारी संवेदना भी फ़िल्टर बदलने से दिखती है और काले धब्बे का प्रोफ़ाइल पिक्चर लगाकर हम भारत में होते बलात्कार का विरोध कर देते हैं। फिर हम यह सवाल भी कर देते हैं कि 'और क्या करें? हमें जॉब भी करना होता है।' यह सब करते हुए आज के दौर में हममें से अधिकतर लोगों की नागरिक ज़िम्मेदारी ख़त्म हो जाती है।

रवि भी एक इंजीनियर था जिसके कारपेटेड फ़्लोर वाले दो बेडरूम-हॉल-किचन वाले घर के ड्राइंग रूम में बयासी इंच की टीवी थी, दीवार पर कलाकृतियाँ टँगी थीं, सोफ़ासेट लगा था। डिज़ाइनर किचन में डबल-डोर फ्रिज़ था, और बाथरूम में जकूज़ी बाथटब। घर यह बता रहा था कि रवि ने यहाँ पहुँचने में कितनी मेहनत की होगी। रवि ने मेहनत तो बहुत की थी, साथ ही लगातार बेहतर अवसर तलाशता वो कंपनी-दर-कंपनी आगे बढ़ता रहा।

इस पूरी यात्रा में मंजरी उसके साथ रही। और रवि मंजरी के साथ रहा। इस मशीनीकरण के बावजूद मंजरी का उसकी ज़िंदगी में होना उसे ज़िंदा रखे हुए था। मंजरी सिर्फ़ प्रेम नहीं थी रवि के लिए। मंजरी हर वो संबल थी, जिसकी ज़रूरत रवि को किशोरावस्था से उसके ज़िंदगी के हर उतार-चढ़ाव पर पड़ती रही। हर रवि को जीवित महसूस करने के लिए एक मंजरी की ज़रूरत होती है, और हर मंजरी को एक रवि की।

रवि तैयार होकर ऑफ़िस के लिए निकल गया। मंजरी ने मीठी को स्कूल ड्रेस पहनाई और दरवाज़ा बंद करते हुए रवि के साथ सोसाइटी के गेट तक आई। रवि ने ऑटो बुलाया और बैठने लगा तो मीठी ने पूछा, "पापा हमारी गाड़ी अभी तक नहीं आई? वो दुकान में ही है?"

"हाँ बेटा, वो ठीक होने गई है। दो-तीन दिन लग जाएँगे। आपके पास तो इतनी बड़ी बस है स्कूल वाली! हम तो आज ऐसे ही जाएँगे। चलिए टा टा!" रवि ने मीठी को सिर पर चूमा और निकल गया। थोड़ी देर बाद स्कूल की बस से मीठी स्कूल चली गई।

रवि अपनी ऑफ़िस की बिल्डिंग के पास उतर गया। शहर के उस इलाक़े में वो इमारत थी जहाँ वैसी कई इमारतें थीं। सबके आकार और ऊँचाई में फ़र्क़ जरूर था पर चेहरे लगभग एक ही तरह के मेकअप से पुते हुए। बड़े-बड़े

रंगीन शीशों के पैनलों से हर इमारत का चेहरा चमकदार दिख रहा था। उसकी चमक बरक़रार रहे इसके लिए इसके किसी-न-किसी हिस्से को साफ़ करता हुआ कोई मज़दूर दूर से ही दिख जाता था। नीचे हर इमारत में एक भीड़, एक ही तरह के कपड़े पहने, एक ही तरह दिखते हुए, पैर पटकते, सीढ़ियों और चेक-प्वॉइंट से गुज़रते हुए, अंदर पहुँच रहे थे। लग रहा था सुबह हुई है और चौकोर दरबों से कबूतर पंख हिला रहे हों।

इमारत की छत से मज़बूत रस्सियों से लटकता हुआ, नारंगी रंग की ड्रेस में पीले रंग की प्लास्टिक हेलमेट के साथ, एक मज़दूर दाहिने हाथ में वाइपर लिए और बाएँ हाथ से साबुन का घोल फेंकता हुआ, इमारत के शीशों को चमका रहा था। इमारत बहुमंज़िली थी और इसके हर फ़्लोर पर कोई-न-कोई ऑफ़िस था जो कि बाहर सड़क से भी ग़ौर से देखने पर दिख जाता था। मज़दूर शीशों पर वाइपर चलाते हुए नीचे खिसक रहा था।

नौ बजते ही ऑफ़िस अचानक से जीवंत हो उठा और लोग धीरे-धीरे अंदर बैठने लगे। शीशे की दीवार से लगे सामने की क्यूबिकल में रवि हर रोज़ की तरह आकर बैठा। वैसे ही कान से इयरफ़ोन निकालना, कुर्सी पर बैठना, एक लंबी साँस लेना, बैग को किनारे रखना... कम्प्यूटर ऑन करना... हर बात हर रोज़ की तरह। इसमें एक मिलिमीटर की भी इधर-उधर की गुँजाइश नहीं थी। आदमी के मशीनीकरण के करोड़ों उदाहरणों में एक उदाहरण रवि भी था।

उसके पास ऑफ़िस असिसटेंट आई और बताया कि उसे बॉस ने बुलाया है। वह धीरे से अपनी जगह से उठता हुआ बॉस के बड़े केबिन में पहुँचा। केबिन में बॉस अपने से ज़्यादा बड़ी कुर्सी पर बैठा था और किसी दूसरे कर्मचारी को डाँट रहा था। रवि को कुछ सुनाई नहीं दे रहा था, या शायद हर रोज़ इसी तरह की बात सुन-सुनकर वह बोर हो चुका था। वहाँ बॉस के सामने बैठने की कोई कुर्सी नहीं थी। यह इंतजाम शायद लोगों को उनकी औक़ात बताने के लिए कॉरपोरेट फिलॉसफी के एक अध्याय के रूप में किया जाता है। एक कोने में मिनी-बार था जहाँ शराब की कुछ बोतलें और तरह-तरह के वाइन ग्लास का सेट रखा था। पास में एक छोटा सा फ्रिज़ था। उसकी पर्सनल असिसटेंट वहीं पास एक डेस्क के साथ कुर्सी पर बैठी हुई थी।

बॉस को रवि के होने या न होने से बहुत फ़र्क़ नहीं पड़ता दिख रहा था क्योंकि उसने उसे बुला तो लिया था पर पहले को फ़ारिग़ नहीं कर पाया था। नौकरी से निकालने की धमकी आदि देकर फिर वह रवि की तरफ मुड़ा और इधर-उधर की दो बातें करते हुए उसके अच्छे परफ़ॉर्मेंस की सराहना करते हुए सामने वाले को उससे सीखने की नसीहत देने लगा। आमतौर पर लोग इस तरह की न मिलने वाली सराहना से ख़ुश हो जाते हैं पर रवि जानता था कि वह इस विशालकाय इमारत के आलीशान ऑफ़िस में एक कुर्सी के अलावा कुछ नहीं। वह एक बारकोड है, एक डेस्क नंबर है जिसकी महत्ता बहुत ज़्यादा नहीं है।

वह वापस अपनी सीट पर आ गया। उसकी सीट उस जगह थी जहाँ पारदर्शी शीशे की धुँध लगी वह दीवार थी जिसे कोई अंदर से, तो कभी बाहर से साफ़ कर देता था ताकि दोनों ही दुनिया का साफ़ आभास होता रहे। वह शीशे के पास खड़े होकर अपने बारे में सोचने लगा कि आख़िर वह कर क्या रहा है। उसने दोनों हाथ सिर पर रखा और अपनी स्लिमफ़िट ब्लेजर के बटन खोलकर बाहर देखने लगा। तभी शीशा चमकाते मज़दूर ने मग से एक मग साबुन वाला पानी शीशे पर मारा। रवि अचानक से हुई इस बात से चौक गया और हाथ चेहरे पर रख लिया मानो पानी से बच रहा हो। फिर मज़दूर ने, जिसे शायद अपने काम से इतना ही मतलब था कि उसे शीशे के उस पार भी देखने की इच्छा न होती हो, वाइपर से शीशे को साफ़ किया और दोनों ने एक-दूसरे को साफ़ और पारदर्शी शीशे में अनायास देखा। दोनों की आँखें मिलीं और अपनी-अपनी स्थिति की वास्तविकता को समझते हुए उस एक क्षण भर रुकने के बाद दोनों ही अपने काम में व्यस्त हो गए।

अभी तक हर बात वैसी ही हुई जैसी होती रही थी। लेकिन इन नपे-तुले, सधे हुए कार्यों में एक बात अनोखी हुई। ऑफ़िस में उसकी माँ का फ़ोन आया। 'माँ ने ऑफ़िस में कभी भी फ़ोन नहीं किया', सोचते हुए बड़े ही डरे हुए और कन्फ्यूज्ड तरीक़े से फ़ोन को रवि ने देखा। फिर उसने कम्प्यूटर स्क्रीन को देखते हुए फ़ोन को साइलेंट मोड पर डाल दिया। लेकिन घर्र-घर्र की आवाज़ और उस पर उभरे नाम की वजह से उसने इस समय फ़ोन आने की बात सोचकर फ़ोन हाथ में लिया और तेज़ी से चलते हुए फ़्लोर की छत के खुले हिस्से की तरफ़ जाने लगा। बाहर का दरवाज़ा खोलते ही उसने फ़ोन उठा

लिया और 'हाँ माँ, प्रणाम' कहा। उधर से माँ की लड़खड़ाई–सी आवाज़ आई कि उसके पिता जी नहीं रहे और रवि के चेहरे का रंग उड़ गया।

उसने अपना सारा सामान हड़बड़ी में उठाया और बॉस के केबिन में कुछ बोलकर निकल गया। बॉस जब तक यह कहता कि 'आइ एम सॉरी टू हियर दैट', रवि सीढ़ियाँ उतर चुका था। उसने एक कैब बुलाई और बैठ गया। अंदर बैठते ही मंजरी का फ़ोन आया। 'शायद माँ ने मंजरी को भी ख़बर कर दी होगी', सोचते हुए भारी दिल से फ़ोन उठाया और कहा, "हाँ, पता चला... सामान अरेंज कर लो शाम की गाड़ी से निकल लेंगे..."

रवि की बातें जारी थी लेकिन वह एक ही समय में दो जगह पर था, उसके होंठ हिल रहे थे जबकि वह कैब की खिड़की से बाहर दौड़ती हुई भीड़ को देख रहा था। वह देख रहा था कि हज़ारों लोग कैसे भाग रहे हैं, वह देख रहा था कि सब किसी तरह कहीं पहुँचना चाह रहे हैं, लाइन तोड़कर जा रहे हैं... वह अपने ऑफ़िस को याद कर रहा था कि कैसे वह रोज़ एक ही तरह से जाता है, एक ही काम करता है, और फिर आ जाता है। उसे अपना वह बॉस याद आया कि कैसे वो उससे ज़्यादा सेल्स होने पर अच्छी बात करता है और ख़राब होने पर उसकी मुस्कान की जगह एक बेहूदा भाव आ जाता है। वह देखता रहा खिड़की से बाहर की दौड़। वह सोचता रहा कि इस पूरे व्यवस्थित बेतरतीबी में एक पुर्ज़ा भर है। उसे अपने काम की भावहीनता पर और ख़ुद के वहाँ हर दिन नौ घंटे होने पर विचित्र–सा अहसास हो रहा था। या शायद कोई अहसास भी नहीं था। वह बस वहाँ होता था क्योंकि वहाँ उसे होना चाहिए था। बहुत सारी बातें गुज़र गईं, उसके होंठ हिल रहे थे और उसकी बात मंजरी से जारी थी।

गाड़ी उसके सोसाइटी के गेट पर रुकी और रवि लगभग दौड़ता हुआ अपने घर पहुँचा। मंजरी ने सामान पैक कर लिया था, "टिकट ले लिया?" उसने पूछा।

"हाँ, सब हो गया। जल्दी चलो प्लेन छूट गया तो फिर दिक़्क़त हो जाएगी... मीठी बेटा, आप ये छोटा वाला बैग ले लो," रवि ने अपनी बेटी को पास बुलाया और बैग उसके पीठ पर लगा दिया।

***

रिक्शे से मंजरी और अपनी पाँच साल की बेटी मीठी के साथ धीमा सफ़र करता हुआ रवि पूरे रास्ते को आठ-नौ साल पहले के रास्ते से मिलाता हुआ चल रहा था। टूटे सड़क से रिक्शे की जद्दोजहद पर हिलते-डुलते रवि बड़बड़ाने लगा, "ये सड़क क्या इस मुखिया ने भी नहीं बनवाया?" "अरे कहाँ साहब, ये सड़क दोनों पंचायत के बॉर्डर पर है, ये कहता है कि उसके हिस्से है, वो कहता है उसके... अब कौन समझाए कि नुक़सान तो हमारे जैसे लोगों का ही होता है! बताइए भला पढ़े लिखे, समझदार होकर मुखिया जी जैसे लोग इन बातों पर बैठकर विचार नहीं करते।"

रवि सुन रहा था। उसके चेहरे पर की कश्मकश मंजरी को दिख रही थी। वो बेचैनी मंजरी ने कई दफ़ा देखी थी और हर बार उसने रवि को शांत किया था। मंजरी जानती थी रवि के इस साइड को जो कोई और कभी भी पढ़ नहीं पाता था। रवि को टूटे रास्तों से लेकर आइसक्रीम की हाथगाड़ी खींचते आदमी की हालत से भी बेचैनी होती थी कि दिनभर इतना चलने के बाद वह कितने की आइसक्रीम बेचता होगा, कितने का लाभ होता होगा और इसके बच्चे कैसे पढ़ते होंगे। सामने से एक आइसक्रीम वाला निकला और मंजरी ने अनजाने में रवि की तरफ़ देखा और दोनों को पता था कि आगे रवि क्या बोलेगा, "कितना कमा लेता होगा बेचारा?"

इस तरह की चिंता, जिसके लिए आपके पास कोई समाधान न हो, बहुत कचोटती है। जैसे कि रवि सोचता कि वो इसके सारे आइसक्रीम ख़रीद ले और बच्चों में बाँट दे; या ये कि इसे दस हज़ार रुपए दे दे और कोई और रोज़गार करने में मदद करे। लेकिन इससे हर ग़रीब की ग़रीबी ख़त्म नहीं होगी। दूसरा आइसक्रीम वाला उसी मेहनत से अपनी गाड़ी ढकेलता हुआ, दिन में बीस किलोमीटर पैदल चलता हुआ, और दो सौ के मुनाफ़े के साथ आपको किसी और शाम, किसी और मोड़ पर मिल जाएगा। ग़रीबी पर सोचना एक संवेदनशील व्यक्ति की पहचान है, लेकिन उसका ख़ात्मा सरकार की

ज़िम्मेदारी होती है।

सोचते-सोचते घर आ गया था, सर्दियों की महक हवा में तैर रही थी और लोग हल्के-फुल्के कपड़ों में इक्के-दुक्के दिख रहे थे। रवि रिक्शे से नीचे उतरा और फिर मीठी को नीचे उतारने लगा। फिर उसने मंजरी को हाथ दिया। रिक्शे वाले को पैसा दिया, कुछ ज़्यादा ही दिया। रिक्शावाले ने गिने और हाथ जोड़कर चला गया। रवि के शोकाकुल घर पर मंजरी के घर के लोग भी थे, गाँव के कई लोग आ जा रहे थे। मीठी ने नानी को देखा और नानी-नानी कहती हुई जाकर लिपट गई। फीकी मुस्कान के साथ नानी ने उसे गोद में उठा लिया और पूछने लगी कि भूख तो नहीं लगी। रवि और मंजरी ने उनके पैर छुए। छोटी-सी मीठी तो यहाँ आकर ही ख़ुश थी, वो इधर-उधर दौड़ने लगी। अभी तक उसे पता नहीं था कि दादाजी नहीं रहे।

तब तक उसके बचपन का दोस्त मंटू उसके पास आया और बोला, "चलो ज़रा, तुम्हारा ही इंतज़ार कर रहे थे हम सब। लाश को जला लेते हैं वरना शाम हो जाएगी तो दिक़्क़त होगी।" उसका हाथ पकड़े मंटू उसे एक तरफ़ ले जाने लगा। रवि अपने सामान को देख रहा था, "अरे ऐ... सामान घर में रखवा दो जल्दी से..." मंटू ने एक लड़के को कहा। रवि मंटू के साथ पास ही खड़े लोगों के साथ पिता की अर्थी को कंधा देते हुए अन्यमनस्क-सा कंधा देते हुए बढ़ने लगा। कोई पीछे घड़ीघंट बजा रहा था और लगातार 'राम नाम सत्त है, सबको यही गत्त है' की सामूहिक लयबद्ध आवाज़ उठती और गिरती सुनाई दे रही थी।

थोड़ी दूर पर मंदिर था और वहाँ से लाश को रखने के बाद, वापस उसे उठाकर ट्रैक्टर के ट्रेलर में लादा गया जिसपर जलाने की लकड़ी आदि के साथ एक कीर्तन मंडली बैठी थी जो लगातार निर्गुण भजन गा रही थी। एक ने 'कौन ठगबा नगरिया लूटल हो' गाना शुरू किया। रवि, मंटू और बाक़ी कई लोग दूसरे ट्रैक्टर की ट्रॉली में बैठ गए। ट्रैक्टर चलने लगा और गाँव के कई छोटे बच्चे सूखे चेहरों के साथ पीछे दौड़ते हुए घाट तक चले गए जो पास ही था।

घाट पर लाश को रवि ने धोती पहनकर मुखाग्नि दी। चिता जल रही थी, और लगभग तीन बजे का सूरज हल्का मद्धम होता जा रहा था।

वापस आकर रवि ने अपनी माँ के बारे में किसी से पूछा तो पता चला कि माताजी काफ़ी देर से स्कूल पर ही थीं। रवि ने मंजरी को 'आता हूँ' कहा और स्कूल की तरफ़ निकल गया। हालाँकि घर और स्कूल के बीच बहुत ज़्यादा दूरी नहीं थी पर एक-एक क़दम उठाते रवि की उदासी उसे वहाँ जाने से मानो मना कर रही थी। थके से क़दमों और धुँधली आँखों में बचपन की कई यादों की तस्वीर लिए, रवि हर दीवार, पोस्टर, सड़क की ईंट से उन तस्वीरों को मिलाता आगे बढ़ रहा था। बचपन में वह इन सड़कों पर सर्दी-गर्मी-बरसात दौड़ा करता था। आज वह रुक गया था। उसकी उदासी इन बदरंग दीवारों से लटकी हुई, चिपकी हुई, रिसती हुई दिख रही थी। पूरा माहौल इस हल्की सर्दी की शाम की तरह शांत और मायूस प्रतीत हो रहा है। यह मायूसी वैसी है मानो गाँव अपने मास्टरजी की याद में श्रद्धाँजलि दे रहा हो।

रवि धीरे-धीरे चल रहा था और स्कूल के गेट पर पहुँचकर खड़ा हो गया। उसकी लंबाई गेट के बराबर ज़रूर थी पर आज वह बहुत छोटा महसूस कर रहा था। उसने गेट को छूकर महसूस करना चाहा पर गेट उसके हाथों की हल्की हरकत से पूरी खुल गई, मानो बुला रही हो अपने क़रीब। उसने दस-बारह साल पहले छोड़े उस स्कूल के गेट को देखा जो ख़ुद वैसी ही थी पर उसके आस-पास की दीवार नई हो गई थी। वह आगे बढ़ा और सामने की क्लास की सबसे पहली बेंच पर ब्लैकबोर्ड को ताकती अपनी माँ को देखा। उसकी आँखों में आँसू आ गए और माँ की तस्वीर धुँधली होने लगी। उसने आँसू पोंछे और आगे बढ़ता हुआ माँ के पास पहुँच गया। क्लास की गेट पर खड़ा रवि देख रहा था उस ब्लैकबोर्ड पर जिस पर उसके पिता के हाथ से लिखी एक कविता थी जो शायद उनकी अंतिम क्लास में लिखी गई थी और किसी ने मिटाया नहीं था।

कल की तारीख़ और दिन की सूचना कोने में थी। ऊपर 'गाँव' शीर्षक था और उस कविता की कुछ पंक्तियाँ वहाँ लिखी थीं। नीचे '-धूमिल' लिखा था।

इस उदास गुमशुदा जगह में
जो सफ़ेद है, मृत्युग्रस्त है

जो छाया है, सिर्फ़ रात है
जीवित है वह– जो बूढ़ा है या अधेड़ है
और हरा है– हरा यहाँ पर सिर्फ़ पेड़ है

चेहरा–चेहरा डर लगता है
घर बाहर अवसाद है
लगता है यह गाँव नरक का
भोजपुरी अनुवाद है।

गेट पर से खड़ा–खड़ा रवि उस कविता की अंतिम दो लाइनों को पढ़ता रहा। उसकी आवाज़ के रूकने पर माँ ने उसकी ओर देखा और बोर्ड की ओर देखा। रवि ने आगे बढ़कर माँ के पैर छुए।

माँ के आँखों से आँसू गिर रहे थे। बेंच पर बैठी माँ को रवि ने गले मिलकर पीठ पर हाथ फेरते हुए ढाढ़स बँधाया। ''रात को खाना खाकर कमरे में गए... अपनी किताब उठाकर पढ़ते रहे थोड़ी देर तक। बहू और पोती के बारे में पूछा, तुम्हारी बात की और फिर गाँव के बारे में बात करते–करते सो गए। सुबह समय से नहीं उठे तो जाकर देखा...'' कहकर माँ रोने लगी और रोते–रोते रूँधे गले से बोलती रही, ''उमर भी हो चली थी, अब भगवान मुझे भी ले चले... ऐसे ही ले जाए बिना किसी रोग–बेद के!''

रवि भी साथ–साथ नम आँखों से सुनता रहा और माँ को दिलासा देता रहा, ''माँ, मैं हूँ... मैं हमेशा तेरे पास हूँ ना! मास्टरजी भी चले गए, और अब तुम भी जाने की बात करोगी तो फिर मैं कितना अकेला हो जाऊँगा। ये गाँव छूट जाएगा फिर!'' दोनों में बातें होती रहीं। रवि ने माँ से कहा, ''माँ, देर हो गई है। घर चलो, मंजरी और मीठी तुम्हारी राह देख रहे होंगे।''

सूरज डूब रहा था और रवि घर आते हुए स्कूल को और उस रास्ते को ताक रहा था जहाँ उसने अपने पिता की लाश जलाई थी। दोनों टहलते हुए घर आए और मंजरी को देखकर माँ की आँखें फिर से नम हो गईं। ऐसे भावुक क्षणों में अपनों को देखकर आँसू बिना बात के भी, कितना भी रो लो निकल

ही आते हैं। मंजरी भी माँ के गले लगकर रोने लगी।

अपनी माँ और दादी को रोते देख मीठी ने पास खड़े पापा से पूछ लिया, जो ख़ुद किसी तरह से आँसू दबाए खड़ा था, "दादी रो क्यों रही है? दादाजी कहाँ हैं?" "दादाजी कहाँ हैं पापा?" मीठी ने रवि से पूछा।

"बेटा, दादाजी तो भगवान जी के घर चले गए। उनको भगवान ने बुला लिया"

"वहाँ भी स्कूल है? दादाजी वहाँ पढ़ाएँगे?"

"हाँ बेटा, वो देखो... दादाजी का सफ़ेद कुर्ता कैसा चमक रहा है तारों में। दादाजी अब वहीं पढ़ाएँगे।" आकाश की तरफ़ देखते हुए रवि के चेहरे पर थोड़ी-सी मुस्कान आई मानो वह भी एक पल को यह मान गया हो कि मास्टर जी मरे नहीं, तारों के बीच चले गए हैं। वह कुछ देर तक तारों को देखता रहा। फिर उसकी नज़र मास्टरजी के कमरे में गई जहाँ पुराने बल्ब की रोशनी में दरवाज़े के सामने उनका सफ़ेद कुर्ता एक हैंगर से टँगा हुआ था।

कुर्ते को देखता रवि उस कमरे में पहुँचा जहाँ पार्थिव होने से पहले उसके पिता की हर साँस वहाँ मौजूद होती थी। कमरे में वे होते थे जब वे होते थे। उनकी उँगलियों के निशान हर किताब पर रहे होंगे, उनकी उँगली हर पन्ने के हर अक्षर को छूती होंगी, रवि यह सोचते हुए एक किताब खींचकर होंठ हिलाते हुए बिना आवाज़ के अक्षरों को छूने की कोशिश करने लगा। उसके होंठ चल रहे थे, उँगलियाँ अक्षरों को छू रही थी और वह कमरे में चहलक़दमी करने लगा...

रवि अपने वर्तमान में नहीं था। वो उस कमरे में था जहाँ उसके पिता उसके पिता नहीं बल्कि डॉक्टर विवेकी रॉय हुआ करते थे। जहाँ विवेकी बाबू या मास्टरजी एक नपी-तुली चहलक़दमी करते थे और ज़ोर-ज़ोर से 'ख़ूब लड़ी मर्दानी, वो तो झाँसी वाली रानी थी' पढ़ रहे थे और वह सुन रहा था। वर्तमान में रवि पता नहीं क्यों अपने पिता की छोड़ी हर साँस को समेट लेना चाहता था अपने फेफड़ों में। वह कमरे के टेबल तक गया, उसके पूरे किनारे को छूते हुए बुक रैक के हर ताखे को छूता घूमता रहा। बाद में वह पिता की चौकी पर बैठा तो उसका पैर नीचे रखे चमड़े के चप्पल से टकरा गया। चमड़े का वो चप्पल एक चप्पल नहीं बल्कि स्मारक-सा लग रहा था। चप्पल के

सिरे से झाँकता कील घिस-घिसकर चमकदार हो गया था। एक-दो जगह से टूटे चमड़े भी थे लेकिन पूरी तरह से वो चप्पल अपने आप में एक मुकम्मल कहानी थी।

उसने अपने पैर डालकर चप्पल को पहनने की कोशिश की और पैर में एक कील चुभ गया। कील का चुभना क्या संयोग मात्र था या वो चप्पल कुछ कहना चाह रहा था? शायद ये कि तुम अभी उसे पहनने लायक़ नहीं हुए हो। चप्पल उसे घूर रहा था। रवि ने चप्पल को हाथ में लिया और उसे हर तरफ़ से देखता रहा कि कितना जर्जर और अकेला-सा था वो। शायद उसके पिता भी अकेले थे, जर्जर भी। उसे उस चप्पल में कई जगह पैबंद लगे दिखे, सोल के नीचे चमड़ा चिपकाया हुआ था, कहीं एक फीका-सा चमड़ा सिला हुआ था... वो चमड़ों के पैबंद से एक अलग ही पहचान पा रहा था। फिर रवि ने उसे वहीं चौकी के नीचे रख दिया।

सुबह उसकी नींद जल्दी खुल गई जब उसके बचपन का दोस्त मंटू मिलने आया। पुराने दोस्त को देखकर वह बहुत ख़ुश हुआ और उससे बचपन वाली मुस्कान के साथ मिला। उस मुस्कान में कई कहानियाँ थीं। वो कहानियाँ जो बब्बन की दुकान से होकर जाती थी और स्कूल, बाज़ार, सिनेमा हॉल होते हुए उसके व्यक्तित्व में बस जाती थी।

मंटू आज अपनी ज़िंदगी से संतुष्ट था। हो सकता है बहुत ख़ुश न भी हो, पर हर तरफ़ से हाथ-पाँव मारने के बाद वह यहीं खेती-गृहस्थी सँभालकर इसी गाँव में रम गया था। रवि गाँव आता था तो मंटू से ज़रूर मिलता था। वह उसके बारे में जानता तो था, या माँ बताती थी पर कभी समय निकालकर उससे वैसी बातें नहीं हुई जो आज हो रही थीं। जब रवि ने पूछा तो मंटू उसे खेतों की तरफ़ ले गया। खेतों में मशरूम लगे थे। रवि से रहा नहीं गया और उसने पूछा कि भला उसके गाँव में मशरूम कौन लगा रहा है! मंटू उसके साथ खेत की क्यारियों से बचकर चलता रहा और स्कूल से निकलने के बाद से आज तक की बातें बताता गया।

मंटू ने बारहवीं के बाद कॉलेज किया और फिर नौकरी तलाशने लगा जो उसे मिली नहीं। कभी किताबों की किसी दुकान पर सेल्समेन की तरह भी

रहा पर उसे वो भाया नहीं। अपनी दुकान लगाने की कोशिश की तो उसमें भी अपेक्षित फ़ायदा नहीं हुआ। सात-आठ सालों में मंटू ने शादी के साथ-साथ यह सोचना शुरू किया कि उसे कुछ ऐसा करना चाहिए कि परिवार को छोड़ना भी न पड़े और आमदनी भी इतनी होती रहे कि सुख-चैन से दिन कट जाए। पढ़ा-लिखा तो था ही, सो उसने खेती में ही अपने हाथ आज़माने शुरू किए। गाँव में लोग बस खेती ही करते हैं, क्या चल रहा है दुनिया में पता नहीं करते। मंटू ने बाज़ार जाकर बढ़िया बीज, खाद, मिट्टी के हिसाब से उसमें फ़सल रोपने और खाद डालने आदि की प्रक्रिया अपनाई और अपने उस गाँव में, जहाँ गेहूँ-चावल-मक्का-आलू आदि छोड़कर बहुत कम चीज़ की खेती होती थी, अन्य चीज़ों की कमर्शियल खेती शुरू कर दी थी। वह बाक़ी लोगों से खेत बटाई पर लेता था और लंबे-लंबे प्लॉट में कहीं लाल मिर्च, कहीं मशरूम तो कहीं शिमला मिर्च तक उगा लेता था। उससे उसकी माली हालत भी सुधरी और इस गाँव में वह ठीक तरह से गुज़ारा करने लायक़ हो गया था।

आज रवि अपने दोस्त के लिए बहुत ख़ुश था। टहलते-टहलते उन्हें दूर से बब्बन की दुकान दिखी जो उनके बचपन और किशोरावस्था से लेकर नई-नई जवानी के दिनों का ट्रबलशूटर और स्ट्रेटेजिस्ट हुआ करता था। बब्बन का दुकान वैसा ही था। दूर से तो वैसा ही लग रहा था जैसा दस साल, पंद्रह साल पहले था।

***

रवि दुकान के बोर्ड को देखते-देखते उस बचपन में पहुँच गया जब वो और मंटू सातवीं क्लास में थे।

बोर्ड पर लिखा था 'दीवाना पान भंडार' और नीचे 'यहाँ किराना का सामान भी मिलता है'। दुकान पर 'आवारा हवा का झोंका हूँ, आ निकला हूँ पल दो पल के लिए' बज रहा था। मंटू और रवि जो सातवीं क्लास में थे, नज़र बचाते हुए वहाँ पहुँचे और 'प्रणाम बब्बन भैया' कहते हुए फलों के कार्टून की बनी स्टूल पर बैठ गए। बैठने पर बब्बन, जो कि ऊँचे पर बैठा था, पूरी तरह दिख नहीं रहा था। सो दोनों खड़े हो लिए और पूछ बैठे, "भैया, ये कौन कैसेट है? गा तो बढ़िया रहा है..." बब्बन मस्त पान लगाकर रख रहा है और लड़कों की तरफ़ देखकर बोलता है, "बाबू साहब, ये नया धमाका है अल्ताफ राजा का 'तुम तो ठहरे परदेसी', पूरा दुनिया में आजकल यही बज रहा है।"

"अरे बरगाही! पूरा दुनिया में... अमरीका-लंदन में भी?"

"तो हम क्या झूठ बोल रहे हैं! अबे बीबीसी सुने हो कभी, उस पर आजकल तुम तो ठहरे परदेसी ही बज रहा है.. तुम तो ठहरे परदेसी... किरिंग-किरिंग... साथ क्या निभाओगे..."

"भैया ये परदेसी क्या होता है और ये साथ काहे नहीं निभाता है?"

"अबे मास्टरजी के लड़के होकर भी परदेसी का मतलब नहीं मालूम? परदेसी माने जो दोसर देस में रहता है। और बेटा साथ तो खैर कोई नहीं निभाता है इस दुनिया में... सब जैसे आए हैं, वैसे ही जाएँगे... खाली हाथ! पता है रामायन में तुलसी दास क्या बोले हैं: 'सजधज कर जिस दिन मौत की सहजादी आएगी, ना सोना काम आएगा ना चाँदी आएगी'।"

"भैया, आप दुर्गा-थान में परबचन काहे नहीं देते, पूरा रमायन याद है आपको तो।"

"हीं हीं हीं... परबचन तो हम बहुत देते हैं, लेकिन दोकान भी चलाना है ना। दोकान से फुरसत मिलता नहीं तो जो परबचन है यहीं दे देते हैं। एक बार

तो अजोधा जी भी गए थे एक बाबा के साथ। हम पंद्रह साल के थे, बाबा बोले चलो तो हम चल दिए। वहाँ गए तो हमको बोला कि अगर रमायन सीखना है तो काम करना होगा, हम कहे कि कर लेंगे काम। फिर पूरा काम, बेटा घास कटवाना, गोबर उठाना, पानी देना, झाड़ू-बर्तन सब अकेला करते रहे। और तब जाकर बाबा हमारे माथा पर हाथ रखे और तुलसीदास का पूरा रमायन संस्क्रीत में हमको कंठस्थ हो गया।''

''हमको तो संस्कृत में नमरे नहीं आता है। आपको पूरा संस्कृत में याद है?''

''तो क्या, 'आगे आगे चलि रघुराया...''

''पीछे से लछमन ढेला चलाया... खीं खीं खीं...'' मंटू ने बात काटकर बोल दिया।

''बूरल हो एकदम मंटुआ। बाप को कहना कि तुमसे कुछ नहीं होगा। रमायन जी का मजाक उड़ाता है रे।''

''अरे नहीं भैया, पिछला साल दुर्गा जी के नाटक में एक कॉमिक हुआ था, वही याद था। अच्छा तो आपको पूरा याद है रमायन, संस्कृत में? पूरा संस्कृत में?''

''तऽ और क्या... जामबंत जी हनुमान जी से कहते हैं जब उ लंका जा रहे थे तब 'कह जामबंत सुनो हनुमाना...'

''जीप पकर के पहुँचो थाना... खीं खीं खीं!'' बीच में फिर मंटू ने बात काटकर कहा।

''लुक्कर! बूरल हो तुम दोनों! बढ़िया बात बताएँगे तो दाँत निपोड़कर हँसेगा। संस्क्रीत में इसीलिए नम्मर कम आता है तुमको।''

तभी एक पच्चीस-तीस साल के आदमी ने अपनी साइकिल रोकी, गमछी से माथा पोंछा और स्कूल ड्रेस में इन दोनों को देखकर मंटू से कहने लगा, ''रे छौरा सब! फिर यहाँ बब्बनमा के यहाँ बैठे हो, जाते हैं तुम्हारे बाप को बताएँगे कि क्या सब कर रहे हो इधर... भागते हो घर की नहीं? एतना गर्मी में दिन भर टंडेली छाँटते रहता है। और तुम रे रबिया, मास्टरजी को बताएँ कि कहाँ फुटानी छाँट रहे हो? बताएँ जाकर?''

''नहीं, ऊ बब्बन भैया संस्कृत समझा रहे थे, तुलसी दास वाला रमायन

बता रहे थे!'' रवि ने कहा।

''कल पंद्रह अगस्त है न तो झंडा लेने आए थे। हे महराज झंडा दीजिए न हो, रमायन सुनाने लगे!'' मंटू ने झंडा माँगते हुए कहा।

''अच्छा बेटा! तो अब बब्बनमा संसकिरित में तुलसी रमायन समझा रहा है! इसीलिए पान बेच रहा है। तुम भी यहीं बैठोगे तो पाने बेचोगे जिंदगी भर! चलो भागो यहाँ से... संसकिरित पढ़ रहे हैं! औ' तुम रे बब्बन? बर्बाद कर दो इन बच्चों को...''

''हें हें हें... गोर लागी दादा, ऊ त तनीमनी ऐसे ही पूछा तो बताने लगे... हें हें हें, आइए न पान लगाते हैं।''

तब तक दोनों लड़के भागे वहाँ से। यह आदमी दोनों लड़कों को दूर जाते हुए देखते रहा और फिर बब्बन से कहने लगा, ''मस्तराम का कोई नया डाइजेस्ट आया है क्या? इ लो इ तो पढ़ लिए... मजा आ गया।'' उसने क़ुर्ते के नीचे से, दोबारा दोनों तरफ़ झाँकते हुए, मस्तराम की मोड़ी हुई किताब बब्बन को लौटा दी।

पंद्रह अगस्त की तैयारियाँ चल रही थीं। लड़कियाँ रंगीन काग़ज़ की फन्नियाँ काट रही थीं और लड़के झंडे के बाँस को सजा रहे थे। स्कूल को सजाया जा रहा था क्योंकि आज स्वतंत्रता दिवस के साथ-साथ इलाक़े के विधायक, जो कि मास्टर जी के पुराने छात्र भी थे, आ रहे थे। सब अपने काम करने लगे। झंडा फहराया गया और विधायक महोदय ने अपना भाषण दिया। जिसके अंत में उन्होंने बच्चों को झंडे के महत्व बताते हुए कहा:

''इस झंडे के लिए हमारे पूर्वजों ने कई कुर्बानियाँ दी हैं। ये हमारे देश की इज्जत है, हमें हर हाल में इसका सम्मान करना चाहिए ...इसीलिए इस झंडे की तरफ जो भी आँख उठाकर देखेगा, हम उसकी आँखें निकाल लेंगे। जो भी इसकी ओर उँगली उठाएगा, हम उसकी उँगलियाँ तोड़ देंगे।...''

पहली पंक्ति में कुछ छोटे बच्चे खड़े थे। उनमें से एक ने अपना सिर बिल्कुल नीचे कर लिया था। पूरे भाषण के दौरान उसने सिर को किसी भी दिशा में हिलाया तक नहीं, अपने जूतों को देखता रहा। ख़ैर विधायक जी का भाषण ख़त्म हुआ और वह मास्टरजी के साथ स्कूल के बारंडे पर उनसे बातें

करते हुए आगे बढ़ रहे थे। तभी उन्हें वह छोटा बच्चा दिखा जो पंक्ति में सब से आगे सिर झुकाए खड़ा था। वह छोटा बच्चा बहुत उदास था। विधायक महोदय ने उसे उदास देखकर, उसकी लंबाई तक झुककर, पूछा, ''अरे बेटा, आप उदास क्यों हो, लड्डू खाया कि नहीं? और झंडा देखा आपने?''

''ऊँ हूँ... आप ही ने तो कहा कि आँख फोड़ देंगे झंडा देखने पर...'' बच्चे ने सरलता से अपनी उदासी का सबब बता दिया। विधायक जी ने उसे अपने हाथ का लड्डू दिया और कहा, ''आप तो देख सकते हैं, हम तो इस झंडे के दुश्मनों से लड़ेंगे। आप तो जितना मन है उतना झंडा देखिए। और ये लीजिए आपके लिए मैंने कितनी दूर से ये झंडा मँगवाया है!'' विधायक ने काग़ज़ की एक झंडी उसके हाथ में थमा दी। बच्चे के चेहरे पर एक निर्मल-सी हँसी घुल गई। वह एक हाथ में लड्डू और दूसरे में अपनी छोटी झंडी लेकर बड़े झंडे को देखते हुए उसके चारों ओर अकेले दौड़ने लगा। उसके हाथ में झंडी देखकर बाक़ी छोटे बच्चे उसके पीछे दौड़ने लगे, गोल-गोल।

मास्टरजी विधायक के साथ स्टाफ़रूम में पहुँचे जहाँ बाक़ी टीचर थे। चाय आदि के साथ ही हँसी-मज़ाक़ हो रहा था। फिर मास्टरजी ने बात-बात में ही उन्हें विद्यार्थियों से मिलने का आग्रह किया कि मिलकर वे उनका उत्साह बढ़ाएँ।

इधर बिना शिक्षक की ख़ाली क्लास में बच्चे हल्ला कर रहे थे, मॉनीटर बोर्ड पर हल्ला करने वालों का रोल नंबर लिख रहा था। एक ने बाहर एक मास्टरनी को जाते देखा तो बोलने लगा, ''देबी जी देबाल में, मारे मुक्का गाल में, देबी जी के बच्चा, हमरा कहे चच्चा...'' पहली लाइन बोलते-बोलते चार-पाँच लड़के साथ-साथ बोलने लगे। फिर किसी ने कहा, ''अरे सर आ गए।'' सब शांति से अपन सीट पर बैठ गए। तिवारी जी रवि की क्लास में आए थे। हाज़री लेने लगे, ''चंदन कुमार'', ''उपस्थित महोदय'', ''अलख सुंदरम्'', ''जय हिंद सर'', ''श्रवण कुमार'', ''उपस्थित महोदय'', ''अजीत भारती...'' कोई जवाब नहीं आया।

''कहाँ गया रे अजितबा?'' तिवारी सर ने पूछा तो अलख ने जवाब दिया, ''अनुपस्थित महाशय! सर ऊ टास्क नहीं बनाया था तो खिड़की कूद के भाग गया।''

"बताते हैं उसको कल! खजूर का सट्टी तैयार रखना रे सरबनमा उसके लिए..." तिवारी जी बोल रहे थे, "वैसे तो आज छुट्टी दे देते, लेकिन अब बैठे हो तो लेख वाला कॉपी दिखा देते हैं। बेटा सरबन, कॉपी रख दो टेबुल पर यहाँ," उन्होंने श्रवण से कहा जो उनके साथ ही कॉपी लिए खड़ा था। तिवारी जी यह बोल ही रहे थे कि अजीत को पकड़ के कोई ले आया था, "ये लीजिए तिवारी जी, खेते-खेत भाग रहा था। पकड़े हैं बड़ा मेहनत से," लुँगी और गंजी में वह आदमी था। लड़के को छोड़कर चलता बना।

"Why are you under-standing, come above." तिवारी जी ने अपने हिसाब की अँग्रेज़ी बोली जो अजीत को समझ में नहीं आई और वह मुँह ताकने लगा।

"नीचे क्यों खड़े हो, ऊपर आओ, ऊपर आओ। बेटा सरबन? सट्टी लाओ तो जरा..." तिवारी जी ने आदेश दिया। थोड़ी देर बाद श्रवण छड़ी ले आया तो मास्टरजी ने बिना कुछ पूछे ज़ोर-जोर से अजीत के हाथ और पिछवाड़े पर अच्छे से मारा, "मुर्गा बन जाओ उधर। सरबनमा! इसके पीठ पर ईंट रख दो। ईंट गिरा तो बताते हैं। टास्क नहीं बनाएगा? सीखो कुछ अलख से, हर साल फस्ट करता है... इनसे टास्क नहीं बनता है!"

फिर तिवारी सर एक-एक कर कॉपी उठाकर चेक करने लगे। जब रवि की कॉपी आई तो थोड़ा ज़्यादा टाइम लेकर धीरे-धीरे बुदबुदाने लगे, "रवि कुमार? तुम मास्टरजी का नाम डुबाओगे। हेडमास्टर का बेटा है और एक लेख नहीं लिख सकता ठीक से... पाँच लाइन में लेख खत्म?"

रवि अपनी जगह से खड़ा हो गया, "सर कभी नाव पर चढ़े ही नहीं तो 'चाँदनी रात में नौका विहार' पर लेख कैसे लिखें?"

"क्या? क्या बोले? अब तुमको नाव पर घुमाएँ लेख लिखवाने के लिए? तुम्हारा जिंदगी में कुछ नहीं होगा। कुछ नहीं बनोगे पूरा जिंदगी, ऐसे ही हर काम आधा करोगे... लिख देते हैं," तिवारी जी ने मज़े लेते हुए कटुता के साथ कहा और कॉपी पर ये लिख दिया: तुम जिंदगी में कुछ नहीं बन पाओगे।

रवि गया और अपनी कॉपी ले आया। फिर जो तिवारी सर ने लिखा था उसको देखने लगा। मंटू भी पढ़ने लगा। रवि के चेहरे का रंग बदल गया था। अपनी जगह बैठ गया और बार-बार उस लिखे हुए को देखने लगा। उसके

दिमाग़ में ये लिखा हुआ नाचने लगा।

ये सब चल रहा था कि कमरे की तरफ़ मास्टरजी, विधायक और बाक़ी कुछ शिक्षकों के साथ आए। रवि और मंटू अंतिम बेंच पर दाहिनी तरफ़ के कोने में बैठे थे जहाँ से बाहर फ़ील्ड दिखता था। विधायक जी आए तो सब ने खड़े होकर 'जय हिंद सर' बोलते हुए उनका अभिवादन किया। विधायक ने भी वापस जय हिंद कहा और बोलने लगे, "मैं भी मास्टरजी से कभी पढ़ा करता था। स्कूल में तो नहीं पढ़ा, पर हाँ कॉलेज में जब मास्टरजी प्रोफेसर थे तब पढ़ता था। फिर मास्टरजी गाँव में आपको पढ़ाने आ गए क्योंकि उन्हें लगा कि आप सबको पढ़ाना ज्यादा जरूरी है। आप लोग मन लगाकर पढ़िए और अपने गाँव का नाम रोशन कीजिए। आप अभी छोटे हैं, आपके हाथ में देश का भविष्य है। आपकी जो इच्छा है, आप वो बन सकते हैं। हमारी सरकार चाहती है कि आप लोग पढ़ें और अपने समाज के विकास में योगदान दें...."

इसके बाद विधायक महोदय ने सारे बच्चों से एक सवाल पूछा कि 'वे बड़े होने पर क्या करना चाहते हैं?' एक तरफ़ से बच्चों ने बताना शुरू किया। कोई डॉक्टर, कोई इंजीनियर, कोई सैनिक तो कोई पुलिस में जाना चाह रहा था। एक लड़के ने कहा, 'लता मंगेशकर' और कुछ बच्चे हँसने लगे। विधायक महोदय ने स्थिति सँभालते हुए कहा, "अच्छा तो आप गाना गाना चाहते हैं बड़े होकर!" अगले बच्चे सारे उसी धुन में डॉक्टर-इंजीनियर करते रहे। एक बच्चा सकुचाया हुआ-सा था। वह इस सवाल से और बाक़ी शिक्षकों के होने से डर-सा गया था। उसे मास्टरजी ने पुचकार कर पूछा कि 'बेटा आप क्या बनना चाहते हो' तो उसने नीचे देखते हुए कहा, "चित्र... चित्रकार..."

इस पर बाक़ी के शिक्षकों में से एक ने उसे ज़ोर से डाँटते हुए कहा, "चित्रकार बनेंगे! पढ़ना-लिखना साढ़े बाईस और चले हैं चित्रकार बनने... बिकम लियोनार्डो दी भिन्सी रे?"

तभी मास्टर जी ने बात काटते हुए कहा, "अरे पेंटर क्यों नहीं बनेगा मिश्रा जी। और हाँ 'दी भिन्सी' नहीं 'डा विन्ची' होता है। यही तो उम्र है सोचने और सँवरने की। बिल्कुल बेटा, आप पेंटिंग करते रहिए लेकिन हाँ बाक़ी विषयों पर भी ध्यान दिया कीजिए। मिश्रा जी के विषय में तो विशेष..."

"गनीत में मन नहीं लगता, हमको चित्र बनाना अच्छा लगता है।" उसने कहा और मास्टर जी ने उसके सिर पर प्यार से हाथ फेर दिया और कहा, "बच्चो, मेहनत से हर चीज़ संभव है। वरदराज की कहानी याद है ना, 'करत करत अभ्यास ते, जड़मति होत सुजान/ रसरी आबत-जात ते सिल पर पड़त निसान'। तुम भी गणित पर ध्यान दोगे तो आ ही जाएगी।"

बोलने का क्रम अब मंटू के काफ़ी क़रीब आ चुका था। रवि उसके बाद था। दोनों एक-दूसरे को देख रहे थे और मन-ही-मन सोच रहे थे कि विधायक चला जाए बिना उससे पूछे। कि तभी मास्टर जी ने ख़ुद ही पूछ दिया। अब मंटू अचानक से परेशान हो गया कि क्या जवाब दे। उसका दिमाग़ घूमने लगा और वह थोड़ी देर के लिए पता नहीं किस दुनिया में भाग गया। "अरे बेटा, आप बड़े होकर क्या बनना चाहते हो?" विधायक महोदय ने दोहराया।

"ज... ज... जी... बब्बन! बब्बन।" मंटू ने बोला और पूरा क्लास हँस रहा था, सिवाय मास्टरजी और विधायक के। विधायक को पता नहीं था कि बब्बन कौन था और मास्टरजी को अच्छे से पता था कि बब्बन कौन है। मास्टरजी के चेहरे पर का भाव बदल चुका था। अभी-अभी जो प्यार से चित्रकार को समझाया था, वो प्रेम ग़ायब हो गया था। पूरा क्लास हँस रहा था। मंटू को पता नहीं चल रहा था कि लोग क्यों हँस रहे थे। मास्टरजी ने कुछ नहीं बोला, वे क्लास से बाहर आ गए। रवि सिर्फ़ इसीलिए ख़ुश था कि वह बच गया बताने से।

"अबे बब्बन बनने में क्या बुराई है। संस्कृत में तुलसी रमायन पूरा याद है उसको। जो पूछते हैं वो सब जानता है। अल्ताफ राजा का कितना कैसेट बिका ये भी पता है। बीबीसी सुनता है, बीबीसी लंदन... फिर बताओ कि बब्बन बनने में क्या खराबी है?"

"कुछ नहीं दोस्त, ये दुनिया हमें समझती नहीं..." रवि ने हँसते हुए कहा।

उसकी यह दार्शनिक बात सुनकर मंटू हँस पड़ा।

स्कूल से बाहर निकलकर रवि घर की ओर न जाकर कहीं और निकल गया। मंटू भी उसके पीछे चलता रहा। थोड़ी देर अनमने ढंग से, खेत की पतली-सी

आड़ पर चलने की कोशिश में गिरते-सँभलते रवि और मंटू गाँव से दूर एक वीरान-सी जगह पर चले गए। दोनों में कोई बातचीत नहीं होती, लेकिन भाव से पता चल रहा था कि दोनों आज की बेइज़्ज़ती से उदास थे।

उसने ऐसी बेइज़्ज़ती कभी महसूस नहीं की थी जब उसके पास का हर आदमी उस पर हँस रहा हो। उसे अपने ऊपर एक खीझ-सी आई और वो बेतहाशा दौड़ने लगा, मानो उस हँसी, बेइज़्ज़ती से दूर भाग जाना चाहता हो। उसे ख़ुद पर क्रोध आ रहा था कि उसे पता नहीं था कि उसने जो बोला उसमें ग़लत क्या था। मंटू भी उसके पीछे दौड़ा और थोड़ी दूर दौड़ने के बाद रवि धड़ाम से किसी ढेले से टकराकर खेत में गिरा। मंटू हँसने लगा, रवि भी हँसने लगा। रवि की शर्ट गंदी हो चुकी थी और बैग का एक फीता टूट गया था जिससे कि वो अब एक तरफ लटक कर झूल रहा था।

दोनों पोखर के किनारे बैठ गए और पानी में ढेला फेंकने लगे। दोनों में एक ढेले को पानी में डूबने से पहले कितनी बार उछाला जा सकता है, यह करने की प्रतियोगिता लग गई। दोनों लगातार बहुत देर तक पानी में ये खेल खेलते रहे। अँधेरा होने से पहले मंटू ने याद दिलाया कि घर पर माताजी इंतज़ार में होंगी। दोनों गाँव की तरफ़ चल निकले।

रास्ते में पंचायत भवन के पास थोड़ी भीड़ जैसी दिखी। वहाँ मास्टरजी भी थे और गाँव के कई लोग भी।

बीच में बीस-बाईस साल का एक युवक सिर्फ़ एक धोती पहने था। उसके कंधे पर एक सफ़ेद गमछी थी और जनेऊ की जगह सफ़ेद कपड़े का एक पतला गोल टुकड़ा था। इसका अर्थ यह कि उसने किसी अपने को मुखाग्नि दी थी। रवि और मंटू भी उस भीड़ में मास्टरजी की निगाह से दूर खड़े हो लिए जिधर एक दो बच्चे और भी थे, वहाँ कोई स्त्री नहीं थी, सिर्फ़ मर्द, चार-पाँच बैठे और बाक़ी बारह-पंद्रह खड़े। खड़े लोग सिर्फ़ सुन रहे थे जबकि बैठे लोगों में बातें हो रही थीं। बैठे हुए लोगों में एक पंडित, एक मुखिया, एक सरपंच, एक मास्टरजी, और दो बाक़ी बुज़ुर्ग जैसे लोग थे जो किसी बात पर चर्चा कर रहे थे।

पंडित ने बात शुरू की, "भोज तो करना होगा बेटा तुमको। पिता की

आत्मा अतृप्त रह जाएगी। यही तो समाज का नियम है।''

लड़का, जो पहले से ही उद्वेलित था, बोलने लगा, ''कौन-सा समाज और कैसा नियम? हमारे बाप ने जीते जी कभी जूता नहीं पहना और आपने करमथान पर हमसे जूता, छाता, खटिया और पता नहीं क्या-क्या दान करवा लिया कि हमारे बाप को ऊपर में मिलेगा! अरे जिस आदमी ने जीवन में कभी सुख नहीं किया, उसको ऊपर में इसकी क्या जरूरत? और वैसे भी हमको तो लगता नहीं कि वे अगले जन्म में आदमी में पैदा होंगे कि छाता और जूता पहनें...''

पंडित पीछे हटने को तैयार नहीं था, ''अरे हम तो मृतकभोज की बात कर रहे हैं बेटा...''

लड़के ने फिर उसी अंदाज़ में कहना जारी रखा, ''काहे का मृतकभोज? किस शास्त्र में लिखा है कि पूरे गाँव को दो दिन भरगामा भोज कराओ। मैंने तो कहीं नहीं पढ़ा! एक तो इस उम्र में हमारे पिता चल बसे और आप चाहते हैं कि हम ये कर्मकांड के चक्कर में दो लाख का कर्जा करके तबाह हो जाएँ! ये किस तरह के समाज वाले हैं आप! क्या हमको नहीं पता कि करमथान वाला जूता, छाता, खटिया, बर्तन सब कहाँ जाता है! हमारे बाप क्या मिश्र के राजा थे कि ये सब के साथ पिरामिड में दफनाओगे? सुनो पंडित जी, हमारे बाप को हम जलाकर आ गए हैं। अब हमको अपना घर देखना है, ये समाज चाहे तो मेरी मदद कर सकता है, चाहे तो भाँड़ में जाए। हमको कोई दिक्कत नहीं। ज्यादा-से-ज्यादा बार दोगे हमको समाज से, तो बार दो। हमको किसी का भोज नहीं खाना, न ही हमारी स्थिति वैसी है कि हम पूरे गाँव को या गोतिया को भी भोज खिलाएँ।''

पंडित यह सुनकर सकता गया और चुप हो गया। तब एक पचास-पचपन साल के चंद्रदेव सिंह आगे आए और बोलने लगे, ''अरे वो सब तो ठीक है बेटा लेकिन लोक-लोकिती भी कोई चीज न होता है। ऐसे कहोगे कि बार दो हमको तो उससे कोई फायदा है। समाज को लेकर चलना होता है। थोड़ा ऊपर-नीचे होगा तो हम सब हइए हैं... एस्टीमेट में तुम रसगुल्ला की जगह बुनिया खिला दो। पूरी-तरकारी भैयारी को खिलाओ और एक साँझ भात भरगामा कर दो। एक बार का तो बात है, इतने लोग कह रहे हैं तो कुछ तो

बात होगा..."

लड़का अपनी कुर्सी से खड़ा हो गया, मानो कई साल से भरा बैठा हो गाँव समाज के इस तरीक़े से उबकर, और बोलने लगा, "आपलोग नहीं समझेंगे क्योंकि आपका ध्यान पूरी-जलेबी के पत्तल पर है। आपको इस बात का दुख नहीं कि किसी का बाप मर गया तो उसका घर कैसे चलेगा। अपने चटोर जीभ और पूरी-रसगुल्ला-रतुआ के लिए आप एक और जान लेने को तैयार हैं। ये पंडित को देखिए, शाम में चौक पर ताड़ी पीते हैं और यहाँ पंडिताई छाँट रहे हैं, मारें दो चप्पल खींच के... संस्कारहीन साला! ई ब्राह्मण है? ई कलंक है साला आदमी के नाम पर, ब्राह्मण तो कहियो नहीं बनेगा। चिरकुट!

"और आप चनरदेब चा! आप धोती कंधे पर उठाकर जो हर घर में किसी के मरने पर एस्टीमेट बनाने आ जाते हैं, आपको कौन बुलाता है? अपने घर में अपनी बहू को बाप और भाई के नाम पर भद्दा-भद्दा गाली देते रहते हैं और सफेद धोती पहनकर आप हमको सामाजिक विज्ञान पढ़ा रहे हैं कि समाज में क्या होता है और रसगुल्ला की जगह बुनिया कर दें! आप जैसे लोग अपने घरों में क्या करते हैं अगर गाँव को पता चल जाए तो सड़क पर पैदल चल नहीं पाएँगे... रसगुल्ला की जगह बुनिया कर दो! पापी आदमी!"

"सिकंदर बेटा, शांत हो जाओ। बड़ों को ऐसा नहीं कहते।" मास्टर जी जब तक सुन रहे थे और थोड़ा-सा स्थिति को सँभालने की कोशिश करते हुए उठे और सिकंदर के कंधे पर हाथ फेरते हुए उसको बैठने की जगह पर ले गए।

"आप ही कहिए बिबेकी चा, ई कौन-सा नियम हुआ? आदमी हुकहुकी पर है तो पानी देने की जगह गला चाँप रहे हैं..." कहत- कहते सिकंदर रोने लगा।

सारे लोग एक दम शांत से हो गए। जवान मर्द का रोना बहुत ही हृदयविदारक होता है। एक मर्द को रोने की आज़ादी हमारा समाज नहीं देता, और जब वह रोता है तो टूटकर बिखर चुका होता है। सिकंदर गाँव के सबसे पढ़े-लिखे लोगों में से एक था। उसके पिता ने उसे गाँव से बाहर बेहतरीन स्कूल में पढ़ाया था और अभी वह पिता की मौत से पहले दिल्ली में अपनी पढ़ाई कर रहा था। वह गाँव को एक ग्रामीण और एक बाहरी, दोनों बनकर देख सकता था, और देखता भी था। उसकी रुलाई उसकी अकेले की नहीं थी। वह इस समाज के कुकर्मों पर रो रहा था क्योंकि वह किसी और स्थिति

में नहीं था। अपनी हर मजबूरी बताने के बावजूद समाज के लोग उसकी बात को समझने से इनकार कर रहे थे। उनके पक्ष में अगर कोई हो सकता था तो वे थे डॉक्टर विवेकी राय।

मास्टर जी खड़े हुए और बोलने लगे, "समाज आदमी से बनता है, आदमी ही उसके नियम बनाता है और कोई भी नियम हमेशा के लिए नहीं होता। वैसे समाज का क्या करना जहाँ एक बेटे की मजबूरी यहाँ के मुखिया, सरपंच, हम, आप कोई भी समझने के लिए तैयार नहीं है। किसको ये नहीं पता कि सिकंदर का बाप उसके लिए एक-एक पैसा जोड़कर दिल्ली भेजता था कि वो कुछ करे और अपने परिवार को इस जिल्लत से निकाले। दिन रात मेहनत करके, परिवार को देखते हुए लड़के को दिल्ली में पढ़ाया और आज हमको गर्व है कि सिकंदर इस बिना काम के सामाजिक नियमों को तोड़ना चाह रहा है। भले ही उसकी मजबूरी भी है कि पैसा नहीं है, लेकिन हम मरने पर इतना पैसा क्यों खर्चा करवाना चाहते हैं उनके परिवारों से ?

"क्या मिलता है पंडित जी आपको ? चनरदेब तुमको ? तुम लोगों को रसगुल्ला खाना है तो चलो हम खिला देते हैं चौक पर... इसके लिए एक बच्चे को उसके बाप के मरने पर तुम लोग रोने भी नहीं दोगे तुमलोग ?"

"लेकिन मास्टर साहेब, दुनिया-समाज भी तो देखना पड़ता है ना..." सरपंच ने गुटखा थूकते हुए कहा।

"कैसन दुनिया ? आ' कैसन समाज सरपंच साहेब ? ये जो आप गुटखा खाकर जहाँ बैठे हैं वहीं थूक रहे हैं, इस समाज के बारे में आपको चिंता है ? या इस समाज के बारे में जो इस बात को नहीं समझ रहा कि पंडितों ने पूरे धर्म को बिगाड़कर ऐसा बना दिया है कि लोगों को इसमें बने रहने में दिक्कत होने लगी है। आपलोग तो जीते जी मार देना चाहते हैं सबको। अगर उसको भोज नहीं करना है तो हमारे विचार से भोज नहीं होना चाहिए, जहाँ तक पिता की आत्मा की शांति का सवाल है, तो ग्यारह ब्राह्मण को जमा दे, जो शास्त्र में लिखा है..."

"बिबेकी चा, हम तो अगर भोज भी देंगे तो दुसधटोली और चमरटोली वालों को देंगे जिनको हर दिन के खाने के लिए मेहनत करना होता है। ई बाभन सबको तो नहीं खिलाने वाले! ब्राह्मण भी जमाना होगा तो विद्वान शूद्र को

बिठाकर खिलाएँगे, ये ताड़ी पीने वाले पंडित को नहीं... जो कर्म से ब्राह्मण हैं, उनके चेहरे से तेज टपकता है, वो मलिन नहीं होते। केदार बा भी पंडित ही हैं, और ये चिरकुट भी। दोनों में आसमान जमीन का अंतर है। करम से ये सब आदमी भी नहीं, सुद्दर-बाभन तो छोड़ ही दीजिए!''

मुखिया से रहा नहीं गया, ''रे ऐसे बोलेगा सिकंदरा... बड़ा-बुजुर्ग को तुम सिखाएगा कि समाज कैसे चलेगा! पढ़ लिखकर बनरा गया है एकदम। इसीलिए गाँव में रहकर घास काटना बढ़िया है... ये... ये गए थे दिल्ली आ ढाका पढ़ने के लिए, ये सीखकर आए हैं! बड़ा-बुजुर्ग को गरिया रहे हैं दुआर पर बैठाकर...''

''हमीं बुलाए थे मुखिया जी आपको... गाँव का सड़क तो बनता नहीं है आपसे। दसखत करने का तो दस-दस रुपया लेते हैं गरीबों से, और आप हमको दिल्ली-ढाका बता रहे हैं। ऐसा कीजिए कि हमको बार ही दीजिए समाज से। ऐसे समाज में रहने से बढ़िया है, अलग ही रहेंगे गाँव से बाहर कहीं। बाप-दादा का जितना जमीन है और जितना माँ-बाप पढ़ा दिए उतना एक अच्छा इंसान बनकर जीने के लिए काफी है। आपसे हमको न तो तमीज सीखना है, न ही समाज वाला ज्ञान।'' सिकंदर ने फिर खड़े होकर, मुखिया के पास जाकर कहा तो मुखिया को लगा कि मारने आया है और वह डर गया। जो आदमी चोर होता है वह डरता बहुत जल्दी और काम से ज़्यादा है। मुखिया को लग रहा था कि कुछ भी बोल देगा और लोग वाह-वाह कर देंगे। वैसा हुआ नहीं। लेकिन अब वह ग़ुस्सा हो गया था।

''ठीक है फिर, कल इसका भी पंचैती हो ही जाएगा बाबू साहब। सरपंच साहेब, कल लगाइए पंचैती कि इस जैसे आदमी को हमारे समाज में रहना चाहिए कि नहीं...'' मुखिया बोला।

''अरे क्या कर रहे हो मुखिया! वो बच्चा है! और बच्चा है फिर भी बात तो उसी की ठीक है। समाज से अच्छे लोगों को बाहर करते रहो फिर अकेले बैठकर मुखियागिरी करते रहना। किस दुनिया में जी रहे हो तुम सब? वो नहीं चाहता भोज देना तो रहने दो, इसमें क्या दिक्कत है? मजबूरी है, क्या चाहते हो कि तीन रुपया सैकड़ा पर तुम से कर्जा ले लाख रुपया और उसको चुकाते-चुकाते मर जाए? कहाँ से लाएगा वो लाख रुपया और कैसे चुकाएगा

वो कर्ज ?'' मास्टर जी ने समझाते हुए कहा।

''नै नै मास्टर साहेब, ऐसे नहीं होता है। समाज का कुछ नीयम-कानून है... आपके हिसाब से चलने लगे तब तो हो गया, कल को कोई कह देगा कि मंगल-बेरस्पत मुर्गा खाना भी ठीक बात है, तो आप तो कह दोगे कि उसका मन जो खाए। ऐसा थोड़े होता है। कल पंचैती होगा और अगर सिकंदरा नहीं माना तो न हम उसके किसी काम में जाएँगे, न वो गाँव वालों के किसी भोज-भात में आएगा। ऐसा लोग सबको बारना ही ठीक है। सब अंगरेजी पढ़कर कलक्टर बन गए हैं, गाँव समाज का कोई इज्जत ही नहीं रह गया है। चलिए हो सरपंच साहेब, पंडीजी चलिए यहाँ से...'' मुखिया बड़बड़ाते हुए उठा और बाक़ियों को उठाने लगा।

''भयंकर कलजुग बीत रहा है मुखिया जी, पढ़-लिखकर ई लोग क्या-क्या करने लगा है, हरि ओम हरि ओम!'' पंडित बोलते हुए उठा।

''भागा कि दें दू खराम तोरा पापी पंडित... दिखाएँ कलयुग... हैं?'' सिकंदर खड़ाऊँ खोलने लगा, तो मास्टरजी ने हाथ पकड़कर थोड़ा ग़ुस्सा दिखाया तो रुक गया।

भीड़ छँटने लगी, जो ज़ोर-ज़ोर की आवाज़ सुनकर धीरे-धीरे बड़ी हो गई थी। शाम हो गई थी। ख़ाली कुर्सियों पर अब बस मास्टरजी और सिकंदर बैठे थे। एक कुर्सी पर एक काग़ज़ पड़ा था जिस पर चावल, आँटा, सब्ज़ी आदि का वज़न लिखा जाना था कि कितना सामान लगेगा भोज के लिए। वो काग़ज़ फड़फड़ा कर उड़ा और नाली में जाकर गिर गया। मास्टरजी और सिकंदर दोनों धीरे से हँसने लगे।

''बिबेकी चा, गाँव आपके लिए नहीं है। हम जैसों को बचाने के चक्कर में किसी दिन आपको ही न ये लोग समाज से बाहर निकाल दें। भले आप बनारस में प्रोफेसरी करते, ये कहाँ फँस गए आकर। ये लोग नहीं सुधरने वाले। हमको नहीं लगता कि आपके ज़िंदा रहते बहुत बदलाव दिखेगा यहाँ। हमारा भी मन था कि वापस आकर यहीं कुछ करें लेकिन देखिए, ये तो हमको कल समाज से निकाल रहे हैं! पगला गए हैं सब...'' सिकंदर ने धीमे से बोला। दोनों बात कर रहे थे कि मास्टरजी को रवि और मंटू दिख गए।

''अरे रवि... मंटू! तुम दोनों अभी तक स्कूल ड्रेस में ? घर नहीं गए! ये

इतना धूल कहाँ से लगाया? जाओ घर, माँ खोज रही होगी। बोलना हम आ रहे हैं थोड़ी देर में।'' मास्टर जी ने दोनों को कोने में बैठा देखकर डाँटते हए कहा जो कि भीड़ के जाने के बाद भी नहीं गए थे। शायद पूरी कहानी देखना चाह रहे थे। इसमें ध्यान ही नहीं रहा कि मास्टरजी भी वहीं हैं। दोनों धीरे से घर की तरफ़ निकल लिए।

दोनों कूदते-फाँदते, दिन की बातें और बेइज़्ज़ती को बालसुलभ रूप से भूलते हुए घर की ओर निकल पड़े। मंटू ने रास्ते में रवि से पूछा, ''इ सिकंदर चा भोज नै देंगे क्या? सब भोज देता है तऽ सिकंदर चा काहे नहीं देंगे? चल ना बब्बन से पूछते हैं।''

दोनों बब्बन की दुकान पर पहुँच गए। बब्बन के डेक में कैसेट बज रहा था, ''लागल छै प्यार के बोखार, चलॉ-चलॉ गंगा के पार''। बब्बन ने दोनों को देखा और बुलाया, ''एतना साँझ को कहाँ रे दोनों? स्कूल से अभी लौटे हो क्या रे?''

''ऊ सब छोड़िए, ये बताइए कि सिकंदर चा भोज काहे नहीं कर रहे? पूरा गाँव जुट गया था, पंडीजी को भी गरिया रहे थे। ठीके गरियाए, पापी है एकदम। हम भी कई बार चौक पर ताड़ी पीते देखे हैं।'' मंटू एक साँस में बोल गया।

''तुम काहे परेसान हो रहे हो रे? नै दे रहे, नै दें। पढ़ा-लिखा आदमी है कुछ सोचे के कर रहा होगा ना। गाँव में गिन के दूँ-चार आदमी ठीक है लेकिन उनमें से भी अब सिकंदर जैसे को बार देंगे। यही पंचैती सब तो देख रहे हैं तीस साल से। गाँव बर्बाद हो रहा है, पंद्रह साल से वही पंच, वही मुखिया, वही उपमुखिया... सब गवर्नर हो गया है। वैसे तुमको उसके भोज नै देने से दिक्कत है क्या?'' बब्बन ने पूछा।

''नहीं दिक्कत नहीं, भोज में जो रतुआ मिलता है ना... मिजाज हरियर हो जाता है एकदम...'' मंटू ने जीभ फिराते हुए कहा।

''दिन भर रतुआ-रतुआ कर रहा है... चाची खाना नहीं दी क्या आज?'' कहते हुए रवि ने उसको घर चलने को कहा, ''घर चलो, तुमको रतुआ खिलाते हैं।''

***

रवि जब वापस पहुँचा तो मास्टरजी घर में बैठे हुए थे। वे रवि की माताजी से मुख़ातिब थे। उनके हाथ में एक किताब थी और वे माताजी को कुछ समझा रहे थे, "नहीं जी, स और श में अंतर होता है! शंकर को संकर कह दीजिएगा तो अर्थ का अनर्थ हो जाएगा... समझे?"

"हाँ, समझ गए। लेकिन इसको बोलने में टाइम लगेगा, थोड़ा मेहनत है लेकिन सीख जाएँगे।" माताजी ने कहा।

"और एक बात, इ दन्त स, तालव्य श, और मूर्धन्य ष अलग-अलग हैं, इनको अलग तरीक़े से बोलते हैं। यहाँ तो कोई ये सब बताता ही नहीं। पूरे बिहार के बच्चे लिखेंगे ठीक, लेकिन बोलने में तीनों इनके लिए 'स' ही हैं! अब देखिए शंकर माने भगवान, संकर माने मिश्रण, मिला हुआ। इसमें बच्चों का भी दोष नहीं, पूरी पढ़ाई ऐसे ही होती है। अब देखिए न और ण, र और ड़, व और ब, सब अलग-अलग तरीक़े से बोले जाते हैं। सरक और सड़क को हमारे बच्चे 'सरक' ही बोलते हैं, जबकि एक हुआ रोड, रास्ता, और दूसरे का मतलब है फिसलना। पता नहीं ये कैसे सुधरेगा," मास्टरजी ने थोड़ा चिंतित होकर कहा।

"आप कितना टेंशन लेते हैं जी! प्रोफेसर से मास्टर हो गए इसी चक्कर में। धीरे-धीरे नया स्कूल आएगा, नये मास्टर आएँगे, तो ये सब भी सुधारने वाले आ जाएँगे। यहाँ तो सब हिंदी भी ठेठी, मैथिली, भोजपुरी आ मगही में ही बोलता है!" माताजी ने हँसते हुए कहा और चाय का कप दिया।

"आप भी लीजिए और बाहर आइए," मास्टरजी बाहर निकलते हुए बोले।

"हम पी लेंगे बाद में ना, लोग देखेगा तो क्या कहेगा..." माताजी ने थोड़ा लजाते हुए कहा।

"अरे अब सास भी नहीं है कि आपको इतना सोचना पड़ रहा है। लोग क्या देखेगा? लोग क्या घर में आकर ये देखेगा कि कौन चाय पी रहा है? अजीब बात है! हमारा घर है, हम जहाँ मन वहाँ चाय पीएँ। आइए, ठंढी हो

जाएगी तो आनंद नहीं आएगा। अरे आइए तो..." मास्टरजी ने बाँह पकड़कर उठाते हुए कहा। उन्होंने अपना कप माताजी को दिया और ख़ुद दूसरा कप उठाकर आँगन से होते हुए घर के ओसारे पर लगी चौकी पर बैठ गए।

थोड़ी देर बाद रवि सामने के दरवाज़े से अंदर आया। रवि को घर आता देख मास्टरजी ने उसको पास बैठने को कहा, "इधर आइए जरा..." फिर माताजी की ओर देखते हुए बोलने लगे, "अच्छा आपको पता है स्कूल में आज क्या हुआ? विधायक आया हुआ था और सबसे पूछ रहा था 'बड़े होकर क्या बनना है' तो पता है रवि के परममित्र मंटू ने क्या कहा?"

माताजी ने, जोकि चाय ख़त्म करने के बाद रवि के आते ही लाज से रसोई में घुस गई थीं कि बेटा बाप-माँ को एक साथ चाय पीता देख लेगा तो क्या सोचेगा, अनभिज्ञता में रोटी फुलाते हुए सिर हिलाया। "उसने कहा कि वो बब्बन बनना चाहता है! बब्बन? हमको पता था ये भी वही बोलेगा।" फिर मास्टरजी रवि से पूछने लगे, "अच्छा बताओ जरा कि बब्बन क्यों बनना चाहते हो? उसमें ऐसा क्या दिखा?"

मास्टरजी ने रवि से पूछा तो रवि ने गर्दन झुकाए हुए बोलना शुरू किया, "बब्बन को सब चीज आता है। उससे जो पूछते हैं वो बता देता है। पैसा भी कमाता है। अपना दुकान है। उसको तुलसी रमायन भी याद है वो भी संस्कृत में। हमको संस्कृत में तो पाठक सर रटा-रटा के थक गए कुछ नहीं आता। बाजा भी सुनता है, बीबीसी सुनता है आपकी तरह..."

"अच्छा! इधर देखो बेटा," मास्टरजी ने रवि को अपनी तरफ़ देखने को कहा, "बब्बन बनने में कोई बुराई नहीं है। बब्बन अपना काम करता है, घर चलाता है। और जहाँ तक दुनिया भर के बात बोलने का है, वो तो बब्बन मसखरी में बोलता है और आपको लगता है कि यही सही है। बब्बन कहीं सुनता है, कहीं बोलता है। और हाँ तुलसी रामायण अवधी में है!"

"अवधी में? वो तो बोले संस्कृत में है! गजबे आदमी है, कितना झूठ बोलता है! हमको नहीं बनना है बब्बन तब..." रवि थोड़ी देर रुका और फिर मास्टरजी से पूछ बैठा, "अच्छा फिर हमको क्या बनना चाहिए?"

"बनना तो सबको चाहिए एक अच्छा इंसान। नौकरी जो भी करो लेकिन एक आदमी जब तक अपने समाज के लिए, अपने देश की बेहतरी के लिए

कुछ नहीं सोचता, उसे संतुष्टि नहीं मिलती। पैसा कमा लेने से आदमी अच्छा नहीं होता। आदमी अच्छा वह है जो अपने से पहले दूसरे के बारे में सोचे। बहुत लोगों के पास पैसा है, बड़ा घर है लेकिन लोग उससे मिलने से डरते हैं, उसने अपने समाज, देश के लिए कुछ नहीं किया। किसी का भला नहीं किया, फिर वैसे धन से क्या लाभ?'' मास्टरजी थोड़ी देर रुके और फिर बोलने लगे, ''अच्छा ये बताओ कि सपने देखते हो रात में?''

''हाँ, बहुत देखा है। एक बार कोई गला दबा रहा था। एक बार देखे कि हम उड़ रहे हैं पहाड़ पर से भी ऊपर, बहुत ऊपर। लेकिन एक सपना बार-बार देखते हैं कि तिवारी सर हमको दौड़ाते हैं और हँसते रहते हैं।'' रवि ने ऐसे भाव से बोला जिससे लगा कि उसे सच में इस सपने की समझ नहीं है।

''दिन में कभी सपना देखा है?'' मास्टरजी ने पूछा।

''ऊ हूँ!'' रवि ने ना में सर हिलाया।

''रात के सपनों पर हमारा वश नहीं। उसमें तिवारी सर तुम्हें दौड़ा लेंगे, कोई भयानक राक्षस पीछे पड़ जाएगा, कभी तुम सिनेमा देखते रहोगे, कभी दोस्तों के साथ पिकनिक पर चले जाओगे... ये सपने अपने हिसाब से आते हैं। ये रात के सपने हैं। दिन के सपने थोड़े अलग होते हैं। दिन के सपनों पर तुम्हारा वश होता है। तुम न सिर्फ उन्हें देख सकते हो, बल्कि उसे पाने के लिए अभी से तैयारी कर सकते हो। जिसको डॉक्टर बनना है, वो शुरू से ही जीव विज्ञान पर ज्यादा ध्यान देता है। जिसको इंजीनियर बनना है वो गणित, भौतिकी पर ज्यादा मेहनत करता है। नींव अच्छी होगी तो घर भी ज्यादा अच्छा बनेगा। शर्मा जी के लड़के को देखो, अभी से ही मैथ पर कितना मेहनत करता है।''

''कौन है ये शर्मा जी? पूरा देश शर्मा जी के लड़के से परेशान है! और आप भी उससे इसकी तुलना कर रहे हैं। ऊ तो नम्मा में है, ये अभी बच्चा है।'' माताजी ने माहौल हल्का करते हुए कहा।

''शर्मा जी का लड़का एक माइथोलॉजिकल करैक्टर है। इंस्पायरिंग है बहुत,'' मास्टरजी ने हँसते हुए कहा।

''आँय? हम समझे नहीं।'' माताजी ने अचंभे से कहा।

''अरे कुछ नहीं। हम कह रहे थे कि आदमी को पता तो हो कि क्या अच्छा लगता है। तभी तो माँ-बाप भी कुछ करेगा। रवि बाबू को भी अभी से

सोचना पड़ेगा न। धीरे-धीरे अपना रूटीन सुधारेंगे, तभी तो आगे समझ में आएगा कि क्या करना है। है कि नहीं? बताइए, हेडमास्टर के बेटे की बात पर सारे लोग हँस पड़ते तो क्या लगता। बब्बन ही बनना है तो उसके लिए कुछ तो करना पड़ेगा न? क्या लगता है हर दिन सामान लाकर बेचना, और घर चलाना आसान काम है? बब्बन बनने में भी मेहनत है। आपको जो भी बनना है, उसके लिए परिश्रम करना होगा। और अगर बचपन से शुरूआत नहीं होगी तो फिर समय निकल जाएगा। फिर मशीन की तरह काम करते रहिए, सुबह पैर पटकते जाइए, शाम में पैर पटकते आइए, वही फुटपाथ, वही बस, वही सीट, वही सीढ़ियाँ... कोई संतुष्टि नहीं, महीने के आख़िरी दिन पैसा मिल जाएगा लेकिन रहोगे वही जो नौकरी की शुरूआत में थे। आदमी को अपने-आप से आगे बढ़ते रहना चाहिए।''

''जाओ बेटा, हाथ-पाँव धो लो,'' माताजी ने उसका बैग अलग रखते हुए कहा, ''ये बैग कैसे टूटा?''

''दिनभर कहीं था मंटुआ के साथ। वहीं खेलने में टूटा होगा। सी दीजिएगा इसको।'' फिर मास्टरजी खाने लगे।

***

अगली सुबह जब मंटू रवि के घर स्कूल के लिए साथ जाने के लिए आया तो रवि अपने पढ़ने के टेबल के ऊपर एक रूटीन चिपका रहा था। मंटू कौतूहलवश बहुत ही नपे हुए क़दमों से, आँखें भींचकर देखने की कोशिश करता हुआ, टेबल के पास पहुँचा। रवि अपनी किताबें बैग में रख रहा था।

"चार बजे जगना और गणित की पढ़ाई, छः बजे विज्ञान, सात बजे से दो बजे स्कूल, दो से चार घर पर टास्क बनाना... अरे बाप रे! तुमको तो पादने का भी फुरसत नहीं है। झारा फिरने के लिए भी लिख देते कहीं... ऐ चाची! मास्टरजी बोले कुछ क्या रबिया को?" मंटू ने बोला।

"नहीं... जल्दी भागो दोनों स्कूल, घंटी के बाद पहुँचे तो मार पड़ेगी... " माताजी ने रसोई से कहा। दोनों बैग कंधे पर रखकर निकल गए। रवि के चेहरे पर गंभीरता थी। उसने रूटीन फ़ॉलो करना शुरू कर दिया, कम-से-कम पहले दिन के लिए। वह बहुत ज़्यादा नहीं बोल रहा था। मंटू बड़बड़ाते हुए चल रहा था।

स्कूल की घंटी बजी तो रवि-मंटू दौड़कर लाइन में लग गए। सब लोग बाहर ग्राउंड में आ गए जहाँ प्रार्थना होती है। अंत में संविधान की प्रस्तावना के रटने और दोहराने की आवाज़ तज़ से धीमी होती गई, "हम भारत के लोग, भारत को, एक संपूर्ण, प्रभुत्वसंपन्न समाजवादी, धर्मनिरपेक्ष, लोकतंत्रात्मक गणराज्य बनाने के लिए..."

बच्चे दौड़कर अपनी क्लास में चले गए। छठी कक्षा में मास्टरजी क्लास ले रहे थे। दिनकर की रश्मिरथी का एक अंश पढ़ाया जा रहा था। मास्टरजी ने बच्चों से कहा, "ये पंक्तियाँ आपकी किताब में नहीं हैं, लेकिन ये पढ़ना चाहिए आपको," उन्होंने किताब नीचे रख दिया और फिर बोलने लगे, "रश्मिरथी से ही है कि 'तेजस्वी सम्मान खोजते नहीं गोत्र बतला कर, पाते हैं जग में प्रशस्ति अपना करतब दिखला कर'...

"इसका अर्थ समझिए। राष्ट्रकवि दिनकर कहते हैं कि एक व्यक्ति का अपना कौशल होता है, उसकी पहचान होती है, वो जात-पात के बंधनों से नहीं, अपने कर्म से पहचाना जाता है... जब आपमें खूबियाँ हैं तो संसार उसको स्वीकारने को बाध्य होगा। महायोद्धा कर्ण को महारभारत में इसलिए याद नहीं किया जाता कि वो किसका पुत्र था, बल्कि इसलिए कि युद्ध करने में प्रवीण था..."

सारे बच्चे टकटकी लगाकर सुन रहे थे। इसी क्लास में चुन्नू नाम का एक लड़का भी हुआ करता था, लेकिन उसकी सीट ख़ाली थी। मास्टरजी ने एक बार उस जगह को देखा, रुके और फिर किताब उठाकर बोलने लगे, "अब चलिए, मैं कविता पढ़ता हूँ, आपलोग भी मेरे बाद दोहराइए। याद है न सबको?"

"जी मास्टरजी"

"तो ले, मैं भी अब जाता हूँ
अंतिम संकल्प सुनाता हूँ
याचना नहीं अब रण होगा
जीवन जय या कि मरण होगा

टकराएँगे नक्षत्र-निकल
बरसेगी भू पर वह्नि प्रखर
फण शेषनाग का डोलेगा
विकराल काल मुँह खोलेगा
दुर्योधन रण ऐसा होगा
फिर कभी नहीं जैसा होगा"

बच्चे मास्टरजी के पीछे-पीछे पूरी कविता एक लय में दोहराते हुए पढ़ने लगे।

स्टाफ़ रूम में हल्का माहौल था। जब तिवारी जी आए तो पाठक जी ने उनके रंगे बालों को देखकर टिपण्णी की, "क्या बात है तिवारी सर! आज दस साल छोटे लग रहे हैं! कितना योगासन कर रहे हैं कि सारा बाल काला हो रहा है आपका!"

“अरे प्राणायाम का जलवा तो देखिए, कि बाल के साथ-साथ कान भी काला हो गया,” आलोक सर ने कहा तो सब ज़ोर से हँसने लगे।

तिवारी सर झेंपते हुए आईने के पास जाकर कान देखने लगे। तभी मास्टरजी घुसे और अपनी सामान्य ऊर्जा से काफ़ी कम स्तर की आवाज़ में बोले, “कैसा रहा आप लोगों का पहला दिन? सब ठीक-ठाक? टेबुल-बेंच, पंखा सब ठीक है सब क्लास में? कुछ गड़बड़ हो तो बताइएगा।”

“हमारे क्लास में तो सब ठीक ही था, आप वैसे थोड़े उदास लग रहे हैं बिबेकी बाबू। कोई समस्या है क्या?” पाठक सर ने पूछा।

“हाँ, ये समस्या तो हर साल होती है पर इस साल थोड़ा व्यक्तिगत तौर पर ज्यादा दु:ख हो रहा है। कुछ बच्चों ने आना बंद कर दिया है। एक था न वो पुवारी टोला का लड़का चुन्नू, वो नहीं आया। उसके कुछ दोस्तों ने कहा कि अब वो नहीं आएगा।” मास्टरजी ने कहा।

“अरे सर, वो तो बहुत मेधावी छात्र था। पढ़ने के अलावा भी दूसरे क्रियाकलापों में भी बढ़-चढ़कर हिस्सा लेने लगा था,” पाठक सर ने कहा।

“तो क्या हो गया? जिसको पढ़ना होता है, वो पढ़ ही लेता है। ठेल-धकेल के कितना पढ़ाएँगे? उसका बाप भी दिन भर ताड़ी पी के पड़ा रहता है। ऊ पढ़कर कहाँ जाएगा? हमारा काम है क्लास लेना, वो तो हम सब कर ही रहे हैं,” तिवारी जी ने कहा।

“हमारा काम सिर्फ पढ़ाना नहीं है तिवारी जी, शिक्षक जब तक विद्यार्थियों से जुड़ेगा नहीं, उन्हें अपना नहीं समझेगा, बच्चे उससे कुछ नहीं सीखेंगे। हमारा काम क्लास लेना नहीं है। हमें उनसे जुड़ना होता है। एक रिश्ता है। इस बात को समझिए... ख़ैर रहने दीजिए, आप नहीं समझेंगे,” कहते हुए मास्टरजी वहाँ से निकल गए।

मास्टरजी घर आ गए। उनका चेहरा भी उतरा हुआ था। अपना चश्मा उतार कर डिब्बे में रखते हुए लगातार बड़बड़ा रहे थे, “इतनी मेहनत से, एक-एक विद्यार्थी को इकट्ठा करो... एक-एक बढ़िया शिक्षक को जमा करो, और फिर हर छुट्टी में वही हाल! सातवीं-आठवीं में लड़का लोग स्कूल आना बंद कर देता है, इसका क्या करें!”

"क्या हो गया? इतना चिंता काहे कर रहे हैं जी? हर साल जब होता है, तो आप क्या करेंगे। आप तो अपना काम कर ही रहे हैं..." माताजी ने कहा।

"अरे आप तो जानती हैं, ये सब क्यों होता है। आज पुवारी टोल से एक बच्चा आना बंद कर दिया। चुन्नू नहीं था? रवि जिसको किताब देता था हर साल? पढ़ने में बहुत तेज था। फिर भी पता नहीं माँ-बाप का कि क्या चाहते हैं... हम आते हैं जरा उसके घर से," कहते हुए मास्टरजी निकल गए।

"अरे, हाथ-मुँह धो के कुछ खा तो लीजिए," रवि की माँ कहती रह गई और वे चले गए।

***

मास्टरजी टोले में घुसे तो सब लोग प्रणाम करने लगे। दोपहर में मास्टरजी को देखकर एक ने पूछा, ''की बात मास्टर साहेब? कोय घटना हो गया क्या?'' मास्टरजी ने ना में सर हिलाया और वहाँ पहुँचे जहाँ उस बच्चे का घर था। वह लड़का ताड़ी के दो-तीन घड़ों को साफ़ करने के बाद, ताड़ी उतारने के लिए छीलने में प्रयोग होने वाले हँसिया को पत्थर पर घिसकर तेज़ करने के काम में लगा था। मास्टरजी को देखकर सहम गया और काम छोड़कर सावधान में खड़ा हो गया।

''स्कूल काहे नहीं आता है रे? ये क्या कर रहे हो यहाँ?'' मास्टरजी ने पूछा।

''पिताजी बोले अब से यही काम करना है, स्कूल जाना बंद करा दिए हमारा,'' लड़के ने कहा।

''क्या करेगा स्कूल जाके? यहाँ घर में खाना नहीं है और स्कूल जाके कलक्टर बनेगा? कितना लोग को हेलिकॉप्टर पर बैठा दिए आप मास्टरजी... '' उसका बाप देसी दारू की पन्नी लिए घर से निकला, ''कितना साल तक फिरी का खाएगा, अब इतना बड़ा हो गया है कि काम करेगा और मजूरी करके घर का खर्चा निकालेगा।''

''और तुम निठल्लो, जैसे दस साल के बच्चा के कमाए पैसे का ताड़ी पीकर उल्टा-सीधा बोलते रहो,'' मास्टरजी ने कहा। तब तक आसपास के लोग भी निकल आए थे। लड़के की माँ भी बाहर आ गई थी, ''आप इनसे मुँह लगाकर अपना बेईज्जती काहे करा रहे हैं, खुद भी बर्बाद हैं, एक पढ़ रहा थो तो उसको भी हटा दिए, '' ये कहकर वो रोने लगी।

''रे! तुम ये सब काम छोड़ो और कल से पढ़ने स्कूल आ जाना... '' कहते हुए तेज़ी से मास्टरजी वहाँ से चले गए।

वहाँ से निकलकर मास्टरजी सीधा गाँव के चौक पर पहुँचे। ताड़ी की दुकानें थोड़ी-थोड़ी दूर पर थीं, जिसमें एक ईंट भर ऊँची जगह पर घड़ा रखा था और वहीं पास में रंगीन प्लास्टिक के कई ग्लास। बग़ल में डिस्को छप्पर का एक शेड था जिसमें लोग ताड़ी पी रहे थे। पास ही एक भूँजा और चखने की दुकान थी जहाँ एक आदमी भूँजा तौलकर किसी को दे रहा था। एक मिठाई की दुकान थी, फल का दुकान और कपड़े वग़ैरह की कई दुकानें थीं। थोड़ी दूरी पर एक लगभग खुली-सी दुकान थी जिसमें कोई दरवाज़ा नहीं था।

बस एक चौकी थी। उस दुकान के ऊपर की छत को सपोर्ट देने वाले बाँस पर बहुत ही बेढंगे अक्षर में उँगली से नेलपॉलिश की मदद से किसी ने 'रमेसर महाविद्यालय' लिख दिया था। चौकी पर बैठकर रमेसर, जो दुकान का मालिक था, गाँजे को काट रहा था। नीचे लोग बैठकर गाँजे की कश लगा रहे थे। उनमें बातें हो रही थी, "अरे इ किसोरिया नहीं आया है अभी तक? टेम तो हो गया है।"

रमेसर ने घड़ी की तरफ़ देखा। दीवार पर यूँ तो पेंट सफ़ेद रहा होगा पर समय के साथ-साथ वो धुआँ लपेटे काला हो गया था। वहीं घड़ी थी। लेकिन घड़ी विचित्र थी। उसके काँटे और मशीन तो सही सलामत थे लेकिन ऊपर का शीशा और दाहिनी तरफ़ का डायल टूटकर ग़ायब हो चुका था। क्रमशः 'बारह, एक, दो, तीन, चार, पाँच' दीवार पर सफ़ेद चॉक से लिख दिए गए थे।

घड़ी में छः बजने में तीन मिनट बाक़ी थे, "किसोरी बाबू आते हैं पक्का छः बजे। न एक मिनट पहले, न एक मिनट बाद..." रमेसर गाँजा काट रहा था और बोले जा रहा था कि तभी मास्टरजी दिख गए, "अरे मास्टरजी? आप? इधर? प्रणाम!"

बाक़ी लोगों ने भी चिलम छुपाने का उपक्रम किया और प्रणाम करने लगे।

"अरे! आप हमको प्रणाम कर रहे हैं! हम तो मास्टर ही हैं, आप तो प्रोफेसर हैं... पूरा कॉलेज चलाते हैं आप... रमेसर महाविद्यालय!" मास्टरजी ने आगे बढ़ते हुए कहा तो भीतर वाले और सकपका गए, "अरे चिलम काहे छुपा रहे हो। ये तो तुम्हारी डिग्री है। बैचलर ऑफ गाँजा, बैचलर ऑफ ताड़ी, मास्टर ऑफ भाँग... है कि नहीं?"

"रे लाज लगता है तुम लोगों को? तुम्हारा बच्चा स्कूल जाना बंद करता

है तुम लोगों के कारण। घर में जाकर सारी मर्दानगी पत्नी पर निकालते हो जो दिन भर घर सँभालती है। बच्चे से काम करवाते हो जब उसको पढ़ना चाहिए। फिर वो पढ़ेगा नहीं, तुमको ताड़ी पीता देखकर वो भी ताड़ी पीएगा, फिर उसका बियाह कर दोगे दस हजार दहेज के लिए। फिर वो और ताड़ी-गाँजा पीएगा, बीबी को मारेगा...'' मास्टरजी बोल ही रहे थे कि उधर से किसोरी आ गया।

''परनाम परफेसर रमेसर साहेब...'' किसोरी पहुँचते हुए बोला। घड़ी में पक्का छः बज रहे थे। उसने भीड़ देखी तो बोला, ''अरे! नाया एडमीसन हो रहा है क्या?'' फिर मास्टरजी को देखा तो एकदम से चुप हो गया। उसको पीछे से कोई बार-बार चुप होने कह रहा था।

थोड़ी भीड़ बढ़ गई। कुछ लोग और आ गए। एक बोलने लगा, ''पंचायत को इस पर बिचार करके ये सब तारी-फारी का दुकान बंद कराना चाहिए। गाँव का बच्चा-बुतरू सब तारी-भाँग पीने लगा है।'' दूसरे ने कहा, ''मास्टरजी सही कह रहे हैं, ये सब बंद होना चाहिए।'' तब तक तीसरे ने कहा, ''कौन करेगा बंद? सरपंच-मुखिया दोनों बैठकर तारी पी रहा है।''

मास्टरजी उस तरफ़ जाने लगे जहाँ मुखिया और सरपंच ताड़ी पी रहे थे। मास्टरजी की आँखें उन दोनों से मिलीं और देखते ही किसी घिनौनी चीज़ को देखने के बाद आने वाले भाव को चेहरे पर हुए वे वहाँ से चले गए।

घर आने पर माताजी ने बताया कि रवि के ननिहाल में उसके मामाजी के लड़के का मुंडन है, और निमंत्रण भेजा है। मास्टरजी ने अपनी मजबूरी बताते हुए कि स्कूल अभी शुरू हुआ था, और उनकी ज़रूरत यहाँ ज़्यादा थी, कहा, ''आप चले जाइए, रवि को साथ ले लीजिए। हमको यहाँ देख ही रही हैं कितनी समस्या है। स्कूल में बच्चे आना बंद कर रहे हैं। उनके माँ-बाप से मिलता हूँ, समझाता हूँ। अगर बच्चे आने लगे तो कितना अच्छा होगा गाँव के लिए।''

''आप इतनी चिंता मत किया कीजिए। लोगों से लड़िए मत, किसी दिन कोई कुछ कह देगा। देखते नहीं हैं कैसे-कैसे लोग हैं। आप उनकी चिंता में आधे हो रहे हैं, वो आप ही को उल्टा-सीधा सुना देंगे,'' माताजी ने कहा। रवि सिर्फ़ सुन रहा था।

''देखिए कोशिश करने से ही हुआ है सब। असर तो दिख रहा है, कम है,

लेकिन है। लगे रहेंगे। कर्म का फल तो इसी जन्म में मिलता है। सारा हिसाब यहीं होता है। मुझे अगले और पिछले की चिंता नहीं है, मैं इस जन्म को सुधारना चाहता हूँ... बड़े भाग मानुस तन पावा... कब जाना है?'' मास्टरजी ने बैठते हुए पूछा।

''सुबह चले जाएँगे। और परसों, या अगले दिन तक आ जाएँगे।''

''चलिए ठीक है। हम सदानन्द को बोल आते हैं कि सुबह रिक्शा लेकर आ जाएगा,'' मास्टरजी निकलने लगे।

''मास्टरजी, हम जाएँ?'' रवि ने लगभग दौड़ते हुए गेट तक जाकर कहा।

''ठीक है, लेकिन जल्दी आना। और इधर-उधर लटक मत जाना गपबाजी में,'' मास्टरजी ने जब तक 'ठीक है' कहा, रवि दौड़कर भाग चुका था।

***

अगली सुबह रवि अपने ननिहाल के लिए निकल गया। गाँव के आसपास के दृश्य देखते हुए, बस की खिड़की से बाहर झाँकते हुए रवि की यात्रा शुरू हुई और फिर वह रेलवे स्टेशन पर पहुँच गया। स्टेशन की एक अलग ही चहल-पहल थी। वहाँ वह अपने प्लेट.फ़ॉर्म पर ट्रेन का इंतज़ार करता रहा था तभी उसे दूसरी ट्रेन का एक गार्ड दिखा। उसके पास दो झंडे थे, लाल और हरा, जिसे वह हिलाता था तो ट्रेन रुकती और चलती थी। रवि उसे देखकर बहुत प्रभावित हुआ। वह बस उसे ट्रेन को रोकते और जाने का सिग्नल देते देखता रहा। उसने देखा कि ड्राइवर बार-बार गर्दन झुकाकर गार्ड के सिग्नल और झंडे का इंतज़ार करता था और फिर गाड़ी चलती थी।

फिर माताजी ने उसे अपनी ट्रेन के आने पर डिब्बे की तर.फ़ इशारा किया। रवि टिकट देखता हुए अपना छोटा-सा बैग लिए अपनी माँ का हाथ पकड़े अपनी सीट की तर.फ़ जाने लगा। वहाँ एक दूसरा बच्चा खिड़की वाली सीट के पास बैठा था। रवि ने उससे बोला, ''ऐ भाय, इ सीट हमारा है, तुम उधर बैठ जाओ।'' दूसरे बच्चे ने रवि को एक बार देखा और फिर एक बार अपनी माँ को। फिर उसकी माँ ने उसे खिसकने का इशारा किया तो रवि को खिड़की वाली सीट मिल गई। वह सीट मिलते ही गर्दन भिड़ाकर उससे बाहर देखने की कोशिश में लग गया।

पूरी बोगी में एक अराजकता का माहौल था जैसा कि उस तर.फ़ की हर ट्रेन में होता है। किसी ने खिड़की में दूध के बड़े वाले डब्बे टाँग रखे थे। किसी ने रुमाल से खिड़की में ही अपनी साइकिल बाँध रखी थी। एक तर.फ़ एक महिला अपने पाँच बच्चों के साथ नीचे बैठी हुई थी। तभी एक आदमी अपने सिर पर भारी सामान लेकर चढ़ा और एक बेहतरीन जिम्नास्ट की तरह सर के बोझ को संतुलित करते हुए उस जगह पहुँचा जहाँ वह औरत .फ़्लोर पर बैठी थी।

''ऐ जी, इ रस्ता काहे छेंक लिए हैं। आने-जाने में सबको दिक्कत कर

रही है।''

''हमारा... हमारा रिजर्वेसन है,'' उसने लगभग लड़ने वाले टोन में कहा तो उस आदमी ने पूछा, ''अच्छा! रेल में नीचे का भी रिजर्वेसन होने लगा है क्या? रास्ता दीजिए, बहुत भारी है, बता दे रहे हैं।''

तब तक वह एक और क़दम बढ़ाकर आगे बढ़ा तो किसी के पैर पर चढ़ गया। ''बाबू हो बाबू! गोर तोड़ दिया रे! कचर दिया रे गोर... बाप रे बाप...'' जिसपर पैर पड़ा था वो दर्द से चिल्लाने लगा।

''ए भाई गलती हो गया,'' उस आदमी ने सिर का सामान लिए पीछे मुड़कर कहा लेकिन जब देखा कि आदमी नीचे बैठा हुआ था तो उसका टोन बदल गया, ''रास्ता पर बैठोगे तो गोर क्या, कोई गर्दन पर भी लात डालकर निकल जाएगा।''

''ऐ भाई घसकिए न हो तनि, सबको जगह दीजिए। ये क्या तरीका है । इतना भारी सामान है माथा पर... ऐ महराज, घसकिए न हो,'' सामान वाले ने कहा तो दूसरे ने जवाब दिया, ''तुम्हारे समान का ठीका लिया है सब? काहे घसकेगा कोई?''

''आप अपना बोलिए न, ज्यादा बोले न त आपही के मुंडी पर बजार देंगे...'' उसके ये बोलते ही सब हँसने लगे। तब तक वह किसी तरह रवि वाले कम्पार्टमेंट में पहुँचा। वहाँ थोड़ी-सी कम भीड़ देखकर अपना सामान उतारकर रखने लगा तो एक आदमी कभी उसको, कभी उसके सामान को देखता था। फिर वह लंबी वाली सीट के एक कोने पर बैठे उस आदमी को बोला, ''थोड़ा-सा खिसकिए जी...''

''थोड़ा-सा खिसकिए जी?'' दूसरे आदमी ने उसकी नक़ल उतारते हुए कहा तो सब हँसने लगे, ''हमारा रिजर्वेसन है। कोई और जगह देखो।''

''रिजर्वेसन रात का होता है। दिन में कोई रिजर्वेसन नहीं होता,'' वह आदमी उस सीट के लिए लगा रहा।

''जादे पढ़ लिए हो क्या? कौन बताया कि दिन में रिजर्वेसन नहीं होता है?'' उसने फिर से उसकी नक़ल करते हुए कहा, ''रिजर्वेसन रात का होता है, दिन में कोई रिजर्वेसन नहीं होता...''

तब तक किसी बुज़ुर्ग ने कहा, ''अरे बेटा कौन-सा ट्रेन साथ ले जाना

है। खाली हाथ आए हैं, खाली हाथ जाएँगे। उड़ जाएगा, हंस अकेला... जग दर्शन का मेला...''

किसी ने बाबा से मसख़री की, ''बाबा अपनेक टेम भे गेल! सबके निर्गुण नै सुनैयौक!''

रवि तब तक गर्दन बाहर निकालकर गार्ड को ही जैसे तैसे घूर रहा था और उसकी छवि दिमाग़ में ला रहा था। उसकी मूँछ, उसकी ड्रेस, उसके जूते, उसका अपना डब्बा, सलीक़े से मोड़े हुए झंडे... इनका क्लोजअप उसके दिमाग़ में चल रहा था। थोड़ी देर में वो ख़ुद को गार्ड की तरह देख रहा था और सच वाले गार्ड की सीटी के साथ ख़ुद को ट्रेन छोड़ते हुए सोचता है। ये करते हुए वो गेट तक चला गया। ट्रेन चलने को तैयार हुई और थोड़ी हिली। माताजी ने चिल्लाकर उसे बुलाया, ''रवि... उधर गिर जाओगे, इधर आओ।'' ट्रेन की रफ़्तार बढ़ने लगी और इसी के साथ आवाज़ आई, ''या अली...!'' तो दूसरे कम्पार्टमेंट से उत्तर में आवाज़ आई, ''जय बजरंग बली!'' 'या अली' की आवाज़ और तेज़ 'बजरंग बली' और तेज़। ये थोड़ी देर चला तो किसी ने कहा, ''अली और बली, घर में कर लेना। हमको नींद आ रही है। बेसी अली-बली किए तो दोनों को अली और बजरंग बली के पास पहुँचा देंगे!''

***

"ननिहाल तो बहुत सही रहा लेकिन सबसे बढ़िया बात क्या था पता है?" रवि बोल रहा था तो मंटू ने ना में सर हिलाया, "अरे रेल में एक आदमी होता है। ऐसे सूट-बूट पहने पहने हुए की क्या बताएँ! पूरा गाँव में ऐसा कपड़ा किसी के पास नहीं होगा। जब मन करता है पूरा रेल रोक देता है, जब मन होता है चला देता है।"

"उसको रेल का गार्ड कहते हैं," बब्बन ने पीछे से आते हुए कहा तो रवि उसकी तरफ़ देखने लगा।

"आप जानते हैं उसको?" रवि ने पूछा तो बब्बन ने कहा, "हाँ रे, यहीं पास के गाँव का ही है।"

"सच्चो? आप पर विश्वास करना मुश्किल है भाई! पिछला बार संस्कृत में तुलसी रमायन सुना रहे थे। पता भी है अवधी में है! बाल्मीकि रमायन संस्कृत में है।"

"अरे यार! कहाँ का बात कहाँ ले जा रहे हो। अरे झूठ काहे बोलना। बगल के गाँव में ही रहता है, रामदास नाम है। जाकर पता कर लो।" बब्बन ने कहा।

"ऐ मंटू, हमको गार्ड बनना है। यार एक सीटी मारता है लोग लाइन में लग जाता है! एक झंडा दिखाता है कि ट्रेन रुक जाता है। फिर हरियरका झंडा दिखाता है तो रेल चलने लगता है... गार्ड बनना है हमको, हम सोच लिए हैं।" रवि ने दृढ़ निश्चय के साथ कहा।

"हम भी गार्ड ही बनेंगे तब," मंटू ने बोला तो रवि ने डाँटा, "काहे भाई, गार्ड क्यों बनोगे तुम भी। अपना भी कभी सोचते हो कि फोटोकॉपी करते रहोगे हमारा? तुम अपना सपना खुद देखो। मास्टरजी कहते हैं कि सबको अपना सपना देखना चाहिए और सबको उसके लिए बचपन से प्रयास करना चाहिए। अब चलो गार्ड के घर और हम पूछेंगे कि गार्ड बनने के लिए क्या

क्या ज़रूरी है।''

दोनों गार्ड के घर के पास बात करते हुए पहुँचे। वहाँ पहुँचकर साइकिल खड़ी कर रहे थे कि अंदर से गाली-गलौज और बर्तन फेंकने की आवाज़ आई, ''नौकर हैं तुम्हारे बाप का? दिन भर खाना बनाओ, कपड़ा साफ करो... और चाय जरा देर से मिला तो नौटंकी... आओ जरा अंदर दोबारा, चाय माथा पर ना ढार दिये तो जीबन दास की बेटी नहीं!''

गार्ड अपना ड्रेस का पैंट पहने, कोट संभालते हुए दौड़ते हुए भागा। उसके पीछे एक कटोरी और एक लोटा गिरा। मंटू और रवि ये तमाशा देखकर साइकिल मोड़े और धीरे-धीरे निकल लिए।

''अबे, एकदम नलायक आदमी है इ तो! बताओ बीबी से मार खा रहा है। हमको नहीं बनना गार्ड, तुम्हीं बन लो।'' रवि ने उखड़े हुए मन से कहा। गार्ड बनने से उसका मोहभंग हो चुका था।

''अरे चुन्नू तुम?'' मास्टरजी ने चुन्नू को अपने घर में झोले के साथ देखा तो बोले।

''प्रणाम मास्टरजी,'' उसने मास्टरजी के पैर छुए और कहने लगा, ''माँ ने उसी दिन कहा कि स्कूल जाना है। इसीलिए रवि भैया से उनका किताब लेने आए थे। दो दिन से नहीं थे, मंटू भैया बोले कि आज आएँगे ननिहाल से। तो सोचे कि ले आएँ किताब।''

''अरे चुन्नू, क्या हाल है? तुम्हारे लिए किताब तो परीक्षा के बाद से ही रखे हुए थे। रुको दो मिनट, निकालते हैं,'' रवि ने चुन्नू को देखकर कहा और अंदर से किताबें ले आया। फिर रवि एक-एक कर किताबों के विषय के नाम पढ़ते हुए चुन्नू को किताबें देने लगा, ''ये हिंदी, अँग्रेजी, गणित, समाज, संस्कृत, विज्ञान...''

विज्ञान की किताब देने के क्रम में नीचे गिर गई और खुल गई। चुन्नू ने किताब उठाई तो उसमें कई पंक्तियाँ नीले कलम से अंडरलाइन की हुई थीं, ''एक बात बोलें रवि भैया?''

''हाँ बोलो,'' रवि ने कहा।

''आप न किताब पर कलम से मत लिखा कीजिए, पेंसिल से लिखिएगा

न तो हम उसको मिटा देंगे... फिर किताब नया जैसा हो जाता है ना," उसने किताबें अपने झोले में रखते हुए कहा तो रवि के चेहरे पर अपराधबोध का भाव आ गया। उसने चुन्नू को देखते हुए हाँ में सर हिलाया।

***

किताब देने की बात को जेहन में लिए रवि वर्तमान में आ गया। सामने बब्बन की दुकान खुली हुई थी और वो चुन्नू की ही उम्र के एक बच्चे को नई किताब दे रहा था। बच्चे के हाथ में नई किताब थी, वो उसे खोलकर देखते हुए, ख़ुश होकर अपने झोले में रखकर जाने लगा। रवि उस बच्चे को देखता रहा कि तभी बब्बन की आवाज़ से उसका ध्यान टूटा।

"अरे रवि भैया आप? अरे आइए न बैठिए... मंटू भाई आइए न," बब्बन ने रवि को देखकर आवाज दी।

"अरे बाज़ार जाना है। कुछ पूजा का काम है और चप्पल ठीक कराना है," रवि ने आते हुए कहा।

"ऊ सब तो हो ही जाएगा, पूरा दिन पड़ा है। हमको लिस्ट दे दीजिए हम ही ला देंगे। बैठिए आप यहाँ पर," बब्बन ने कहा, फिर अपने बेटे को आवाज दी, "संतोष? ऐ संतोष! बेटा कुर्सी निकालो।"

तभी उसके फोन की घंटी बजी। उसने ग़ुस्से से देखा कि फ़ोन बॉस का था। फ़ोन की घंटी बजती रही। और फिर कुछ देर बाद एक मैसेज आया, "Hi Ravi, I know you must be grieving but could you please have a look at the mail I just sent? Just some report that needs your attention. Will be a good distraction from all the emotional chaos you are in. Best, Rajan."

रवि मैसेज पढ़ ही रहा था कि तभी वहाँ एक लड़की, नेहा, अपनी साइकिल रोककर उतरी और रवि के पाँव छूने लगी। रवि ने आशीर्वाद दिया, "खुश रहो!" फिर वो बब्बन की तरफ़ देखने लगा। बब्बन ने जवाब दिया, "अरे आप ही का क्लासफैल्लो या जूनियर थे न रंजीत भाई? उन्हीं की बिटिया है। रंजीत भाई तो पूरे इलाके के फेमस फोटोग्राफर हैं, मास्टरजी ने उनकी लाइफै बदल दी। ये टीसन पढ़ने जा रही है बेगूसराय बजार।"

नेहा ने हाँ में सर हिलाया और रवि की तरफ़ कृतज्ञता से देखा। रवि ने

उसकी साइकिल के कैरियर में 'इंग्लिश स्पीकिंग कोर्स' की किताब देखी, "इंग्लिश का ट्यूशन पढ़ने जा रही हो बेटा?"

"जी, कहते हैं बिना इंग्लिश के कुछ नहीं होगा," कहकर वह साइकिल पर चढ़ी और निकल गई। पास के दीवार पर लिखा हुआ था, 'आधी रोटी खाएँगे, फिर भी स्कूल जाएँगे।'

रवि और मंटू स्टूल पर बैठ गए। फिर बब्बन बोलने लगा, "मास्टरजी हम सबको छोड़कर चले गए। दुख तो है, लेकिन खुशी भी है कि जैसा गाँव बनाने में उन्होंने तीस साल मेहनत की, गाँव लगभग वैसा दिखने लगा है। आइए, कुछ चाय नाश्ता कीजिएगा?" बब्बन ने रवि को दुकान की तरफ़ आते दिखकर उत्साह और उदासी के साथ पूछा।

दुकान की रूपरेखा बदली हुई थी। अंदर टेबल के ऊपर एक कम्प्यूटर था, और साथ ही एक छोटा-सा प्रिंटर भी। अंदर दो लड़के बैठे हुए थे और फ़ेसबुक पर प्रोफ़ाइल बना रहे थे। उनमें से एक ने पूछा, "ऐ बब्बन चा, देखिए त बन गया? फोटो किसका लगाएँ?"

"अरे किसी हीरो का लगा दो, यहाँ से अपलोड कर लो।" बब्बन ने कहा तो मंटू ने चुटकी ली, "बब्बन भैया, लवगुरु हैं आप पूरा गाँव के! मतलब आज भी डिजिटल युग में सहायता दे रहे हैं!" बब्बन हँसने लगा। तब तक उसका छोटा लड़का दौड़कर पानी ले आया। "अरे ये कौन है? इतना बड़ा हो गया! पढ़ाते हैं इसको बब्बन भैया कि ऐसे ही दुकानदारी में लगाएँगे?" रवि ने पूछा।

"अरे! बिल्कुल पढ़ाते हैं! मास्टरजी के कारण ऐसा कौन-सा घर होगा जिसके बच्चे पढ़ने न जाते हों। सरकारी स्कूल में ऐसी पढ़ाई... कहाँ-कहाँ से, कितनी चिट्ठियाँ लिख-लिखकर मास्टरजी ने स्कूल को स्कूल जैसा बनाया। हर घर से बच्चा पढ़ने जाता है," बब्बन भावविभोर होकर मास्टरजी के गुण गा रहा था।

"सही कहते हैं आप! जब तक छोटे थे पिताजी को मास्टरजी ही समझते रह गए। अब लगता है कि वे गाँव के पिता थे। सिर्फ अपना पिता मानना शायद स्वार्थ है। वैसे तो गाँव कभी-कभार ही आता था, लेकिन इस बार अजीब-सी शांति है यहाँ। लगता नहीं कि सिर्फ एक आदमी मरा है, लगता है सबके घर

का कोई आदमी चला गया हो।'' रवि ने जवाब दिया।

''बाबू, तुम किस क्लास में हो अभी ?'' रवि ने बब्बन के बेटे से पूछा।

''संतोष, जरा अँग्रेज़ी में बताओ रवि चाचा को कि क्या पढ़ते हो।''

''माइ नेम इज संतोष कुमार। माइ फादर्स नेम इज बब्बन चौधरी। आइ रीड इन क्लास ऐलेवन। आइ रीड एट इंटर कॉलेज रानीपुर। माय फेवरेट सबजेक्ट इज इंग्लिश एण्ड संस्कृत। आइ वॉन्ट टू बिकम ए साइंटिस्ट लाइक डॉक्टर अब्दुल कलाम।'' संतोष ने एक साँस में ख़ाली ग्लास पकड़े सुना दिया।

रवि ने उसके सिर पर हाथ फेरते हुए कहा, ''अरे वाह बब्बन भैया, ये तो बहुत कुछ जानता है! कलाम बनना चाहता है? इतनी छोटी उम्र में भी इसे पता है कि इसे क्या बनना है। मैं तो आजतक उसी का जवाब ढूँढ रहा हूँ,'' कहते हुए रवि अनमना-सा आकाश की तरफ़ देखने लगा, फिर वापस आते हुए अचानक से बोला, ''अरे कुर्सी लेकर बैठ जाओ न, खड़े क्यों हो इतनी देर से!'' संतोष फिर घर से सफ़ेद तारों से बुनी हुई कुर्सी ले आया, जो हल्की टूटी हुई थी, और तार पीले पड़ गए थे।

''अरे ये कुर्सी अभी भी चलती है! बाप रे, हमको लगा अब ये सब उठ गया होगा...'' रवि ने कहा।

''कहीं स्कूले का तो नहीं है भैया? ऐ रवि, याद है तिवारी जी वाला कांड? ऐसा वाला ही कुर्सी था जिसका मानचित्र तिवारी सर के फुलपैंट पर छाप दिए थे? ही ही ही!''

***

तिवारी मास्टर साहब क्लास से ग़ुस्से में निकलकर प्रिंसिपल रूम की तरफ़ जा रहे थे। उनके पैंट पर सफ़ेद तार वाली कुर्सी का पूरा फ्रेम चॉक से छपा हुआ था। मतलब यह कि क्लास में किसी ने कुर्सी पर चॉक घिस दी थी और मास्टरजी उस पर बैठे और जब उठे तो नक़्शा बना हुआ था। अभी जब वे गुस्सें में जा रहे थे तो उनके पीछे रवि, मंटू, श्रवण और चंदन जा रहे थे।

मंटू और रवि फुसफुसाकर बतिया रहे थे, ''अरे कुछ नहीं होगा, दो बार डाँटेंगे, सुन लेना है और निकल लेना है।'' रवि ने हाँ में जवाब दिया। श्रवण और चंदन भी मान गए। प्राचार्य कार्यालय में घुसते वक़्त रवि चौखट में पैर लगने के कारण लड़खड़ा गया और लुढ़कते हुए बचा। लेकिन इसी बचने के क्रम में उसे पहली बार मंजरी दिखी जो कि ग्यारहवीं कक्षा में नामांकन के लिए आई हुई थी। उससे मास्टरजी कुछ पूछ रहे थे, ''बेटा आपका नंबर तो बहुत कम है बोर्ड में? ये कैसे हुआ।''

मंजरी कुछ बोल रही थी पर रवि उसे स्लो मोशन में देखते हुए अपनी लड़खड़ाहट से सँभल रहा था। मंजरी को कुछ पता नहीं था कि कौन आया, कौन उसे देख रहा है। यह पूरा लंबा खिंचा हुआ पल सिर्फ़ रवि का था। तभी तिवारी जी की आवाज़ से उसका स्लो मोशन टूटा, ''और कितना गिरोगे बेटा?''

मास्टरजी ने चारों को देखा और तिवारी जी की बात सुनकर बोले, ''क्या हुआ? अब क्या नया कांड किया ये सब?''

''हे ये देखिए! अब इस तरह की हरकतें करने लगा है,'' तिवारी जी ने मास्टरजी को बताने के बाद रवि और मंटू मंडली पर धावा बोला, ''लाज लगता है? कि घोर के पी गए सब?''

''सर हम ये सब काम नहीं करते हैं,'' रवि बोल रहा था कि मंटू ने हाथ पकड़ा और चुप रहने का इशारा किया। लेकिन रवि ने उसका हाथ छुड़ा दिया और बोलता रहा, ''स्कूल का जितना उल्टा-सीधा काम होता है सबके लिए

हमीं लोग को पकड़ते हैं आप! हम ये नहीं किए हैं।''

''नहीं किए हैं? तो भूत किया है ये?'' तिवारी जी ने आँखें तरेड़कर कहा।

''भूत किया कि प्रेत ये हमको नहीं पता, लेकिन हम ये सब नहीं किए हैं। कोई फायदा उठाया हमारे नाम का,'' रवि ये कहते हुए बार-बार मंजरी को देख रहा था जबकि मंटू उसकी पैंट खींच रहा था और चुप रहने बोल रहा था।

''ज्यादा सिखाओगे रे हमको? बोलेगा ज्यादा? वार्निंग देकर छोड़ रहे हैं, ज्यादा बोलोगे तो धूप में मुर्गा बना देंगे आधा घंटा।'' तिवारी जी ने सज़ा सुनाई।

''जी सर, नहीं बोलेंगे'' मंटू ने कहा, ''अब जाएँ?''

''अरे हम करबे नहीं किए हैं तो हम क्यों माफी माँगें? झूठ बात के लिए सजा काहे लें?'' रवि अभी भी मंजरी को इम्प्रेस करने के चक्कर में लगा था और मंजरी ने उसको नोटिस भी नहीं किया था। तब तक मास्टरजी ने उसको देखा और मंजरी से बात करते-करते रवि को बोले, ''रवि? सुना नहीं तिवारी सर ने क्या कहा? जाइए और क्लास में बैठिए।'' कहकर मास्टरजी फिर से मंजरी के मामू से कुछ बात करने लगे।

मास्टरजी के बोलने का असर हुआ और मंटू ने लगभग खींचते हुए रवि को वहाँ से बाहर निकाला, ''आय बरगाही! पगला गए हो क्या। मुर्गा बनने में मजा आता है क्या! बोले तो थे कि सुन लेना और निकल जाना है।''

''ऐसे कैसे? किया कोई और हम काहे माफी माँगें?'' रवि उसी मोड में था, ''कौन किया वैसे? डिजाइन बहुत सही छपा था, ही ही ही!''

''चननमा किया था... आ पिछला बार अगरबत्ती से बम फोड़े थे तुम आ लात चारों खाए थे वो भूल गए?'' श्रवण ने कहा तो चारों हँस दिए।

''ई तिवारी सर के कुर्सी में कबाछ नै लगाए न अगला बार, तो हमरा नाम का कुत्ता पोस लेना! बहुत बाबा बनते हैं आजकल।'' चंदन ने कहा।

''कबाछ बाद में लगाना, पहले तो क्लास चलो नहीं तो पाठक सर मुर्गा बना देंगे।'' श्रवण ने कहा।

रवि और मंटू क्लास में बैठे हुए थे। उनके आगे श्रवण और चंदन। ये लोग

हमेशा ऐसे ही बैठते थे, अंतिम और उससे पहले वाले बेंच पर। संस्कृत की क्लास चल रही थी। बोर्ड पर पाठक सर ने लिख रखा था: सुभाषितानि। उसके नीचे एक श्लोक लिखा हुआ था:

"अयम् निजः परोवैति गणना लघुचेतशाम्
उदारचरितनाम् तु वसुधैव कुटुम्बकम्"

"कौन बताएगा इसका अर्थ?" पाठक सर ने पूछा तो अलख खड़ा हो गया और बोलने लगा। अलख क्लास में सबसे पहले बेंच पर बैठता था। लेकिन उसको सर ने रुकने कहा, "तुम रुको अलख, अजितबा बताएगा।"

अजीत सिर झुकाए खड़ा हुआ और बोला, "हमको ये नहीं आता है।"

"क्या आता है? पिछला अध्याय का कुछ आता है?" अजीत ने फिर सिर ना में हिलाया। "अच्छा, तुमको जो आता है, वही बताओ।" पाठक सर ने कहा तो सब हँस पड़े। अजीत चुप रहा तो पाठक सर ने मज़े लेते हुए कहा, "अरे कुछ तो आता होगा किसी भी क्लास का? जो आता है संस्कृत में वही बोल दो।"

"मकरा मकरीम् किम् अकथयत्?" अजीत ने नीचे देखते हुए कहा तो पाठक सर ने पूछा, "किम् अकथयत्?"

"यदि त्वाम् माम् जीविताम् द्रष्टुमिच्छति, तर्हि आनय शीघ्रम् तस्य वानरस्य हृदयम्" अजीत ने नीचे देखते-देखते कहा।

"चलो कम-से-कम छठा क्लास का तो याद है। रवि कुमार, बताओ जी बोर्ड पर लिखे का अर्थ," पाठक सर ने कहा तो रवि इधर-उधर देखने लगा। तब तक अलख खड़ा हुआ और धरधरा के बोलने लगा, "यह मेरा है, यह तेरा है, ऐसी भावना क्षुद्र विचार वाले व्यक्ति रखते हैं। उदार चरित्र वालों के लिए तो पूरी धरती ही परिवार के समान है।"

"वाह बेटा! सीखो कुछ इससे, दिन भर मंटुआ के साथ घूमते रहो बस... अगला श्लोक क्या है जी," पाठक सर ने बोर्ड की तरफ़ मुड़ते हुए कहा। उसी वक़्त मंजरी खिड़की के सामने से गुज़री और रवि ने उसको देखते हुए यह कहा, "महाजनो येन गतः स पन्थाः, यानी महान लोग जिस रास्ते से जाएँ वही सही रास्ता है।"

पाठक सर श्लोक लिख रहे थे और रवि ने मंजरी को दरवाज़े के बाद

खिड़की को क्रॉस करते हुए जाते देखा। वह सर झुकाए मास्टरजी के साथ जा रही थी। उनके साथ उसके मामू भी थे जिनसे मास्टरजी कुछ बात कर रहे थे। मंटू ने रवि की पूरी कलाकारी देख ली।

"बहुत अच्छे रवि, लगता है ध्यान दे रहे हो।" पाठक सर ने श्लोक लिखना ख़त्म किया और रवि की बात को दोहराया, "इसका अर्थ है कि महान लोग जिस रास्ते से गुज़रें वही सही रास्ता है," सर का ये कहना था कि चन्दन ने दबी ज़ुबान से पूछा, "सर इधर से कोई महान लोग गुजरें हैं आजतक?"

"तेज बनेगा बेसी तुम चननमा? कोना में मुर्गा बन जाओ और जब कोई महान आदमी दिखे तब खड़ा होना।" पाठक सर ने कहा तो चन्दन कोने में मुर्ग़ा बन गया।

तबतक मंटू ने रवि की कारस्तानी पर उसकी कॉपी पर लिखा, 'सुन्दर बालिके येन गतः स पन्थाः?' और पूछा, "कौन है रे ये?" रवि ने उसको चुप रहने को कहा और फुसफुसाते हुआ बोला, "तुम नहीं देखे? अरे पिछला घंटी में तिवारी सर जो आफिस ले गए थे, तो वहीं बैठी थी।"

"वो सब तो ठीक है लेकिन तुम बाप को मास्टरजी काहे कहते हो?" मंटू ने पूछा तो रवि ने कहा, "पूरा गाँव से यही सुन-सुनकर वो हमारे भी बाप कम मास्टरजी ज्यादा हो गए हैं। वो घर में भी मास्टरी ही करते रहते हैं।"

तभी मास्टरजी मंजरी के साथ आए और पाठक सर से बोलने लगे, "पाठक जी, इनका नामांकन आज ही हुआ है इसी कक्षा में। जरा देख लीजिएगा। किसी मेधावी छात्र के साथ रखिएगा ताकि पिछला छूटा हुआ कभर हो जाएगा।"

रवि, जो कि मंजरी के इसी क्लास में होने की ख़बर पर ख़ुश था, 'मेधावी' शब्द सुनकर उदास हो गया क्योंकि पिछले बैंचों पर ही जगहें ख़ाली होती हैं। और रवि के पास की जगह ख़ाली भी थी।

"ये तो इस गाँव की नहीं लगती मास्टरजी। क्या पास के गाँव से है?" पाठक सर ने पूछा।

"अरे नहीं पाठक जी। इनका ननिहाल है यहाँ। इनके गाँव में दसवीं तक का ही विद्यालय था, तो इनके मामू जी यहीं ले आए।" मास्टरजी ने जाते हुए कहा।

"ओह! अच्छा... बेटा यहाँ बैठ जाओ।"

पाठक सर ने पढ़ाना चालू किया और मंजरी को अलख के बग़ल में लड़की वाली पंक्ति में सबसे आगे बैठने कहा। मास्टर जी के जाते ही मुर्ग़ा बना हुआ चंदन खड़ा हो गया था। "तुमको खड़ा होने कौन बोला जी?" पाठक सर ने पूछा।

"सर महान आदमी दिख गए," चन्दन ने कहा तो सर ने पूछा, "कौन?"
"वो मास्टरजी दिखे, बिबेकी सर हमको दिखे..."

"शातिर है इ सहाय जी का लड़का। इंजीनियर बनेगा। बुद्धि लगाता है बहुत! लेकिन बात तो सही है। जाओ बैठ जाओ।"

अलख जो हमेशा अपने से ही मतलब रखता था और पढ़ाई में व्यस्त दिखता था, वो बार-बार नज़र बचाकर मंजरी को देख रहा था। चूँकि क्लास में किसी को सीधे देखने का मतलब है, दस-बीस जोड़ी आँखों का कोपभाजन होना, तो वो चुपके-से मंजरी से देख रहा था।

ऐसा तो नहीं था कि मंजरी कोई स्वर्ग से उतरी अप्सरा के सौंदर्य-वर्णन को टक्कर देती थी, बल्कि वह उसके उलट साधारण-सी दिखने वाली लड़की थी- औसत क़द, साँवला रंग, दुबला शरीर। जबकि, रवि की बात की जाए, जो उस पर पहली झलक से फ़िदा था, तो वो न सिर्फ़ क्लास और स्कूल में बल्कि पूरे गाँव में ख़ूबसूरत कहा जाता था।

प्रथम दृष्टया, अलख और रवि द्वारा मंजरी को इस तरह से देखा जाना सिर्फ़ ये लग रहा था कि क्लास में नई लड़की आई है और इस नएपन को दोनों ही अपनी तरफ़ आकृष्ट करना चाह रहे थे। कारण ये कि पूरे क्लास में अमूमन उसी गाँव की लड़की थी और अपने गाँव की लड़की से इश्क़ करने, या करने की चाहत रखना भी पाप सदृश होता है। चूँकि मंजरी इस गाँव की नहीं थी, ये उसका ननिहाल था, तो अलख ने रुचि दिखानी शुरू की। रवि को तो इससे कोई फ़र्क़ नहीं पड़ता था, क्योंकि उसको पहली नज़र में ही मंजरी पसंद आ गई थी।

***

अगले दिन अलख और मंजरी अपने बैंच पर बैठे हुए थे। क्लास शुरू होने वाली थी। अलख ने अपने बैग से दो-तीन कॉपियाँ निकालीं और मंजरी

को देते हुए बोला, ''ये... ये पिछले क्लास का नोट है इसमें। वो सर बोल रहे थे ना कि तुम्हारा कोर्स छूट गया है, तो इससे देख लेना।''

''ऐ अलख! हमको भी दो ना रे कॉपी...'' मंजरी की दोस्त गुड़िया ने कहा और कहते-कहते उसकी निगाह अलख के जेब में पड़े चॉकलेट (किसमी बार) पर गई, ''कॉपी तो बाद में देना, ई चौकलेट किसके लिए है रे? हमको नहीं देगा तुम?''

''है किसी के लिए, तुमको क्या काम है उससे?'' अलख ने किसमी बार ऊपर के जेब से निकालकर निचले में रखने की कोशिश की।

''अरे दो ना रे... एक्के टुकड़ा दो ना! छोटा-सा।'' गुड़िया ने फिर कहा तो अलख ने दोनों चॉकलेट मंजरी को दे दिया क्योंकि गुड़िया मंजरी के बग़ल में बैठी थी।

''हम दो लेकर क्या करेंगे?'' मंजरी ने हँसते हुए कहा तो अलख बोल नहीं पाया और मुस्कुरा बैठा। फिर जब गुड़िया ने आँखें तरेड़ी तो बोल पड़ा, ''अरे... मतलब, तुमको पसंद नहीं है तो अपनी दोस्त को दे दो।''

''अरे साला! ई अलखवा चौकलेट बाँट रहा है रे! और ऊ ले भी ली,'' मंटू ने रवि से कहा जो कि अभी तक कहीं और देख रहा था। रवि ने किसमी बार को ग़ौर से देखा और कुछ सोचकर चुप हो गया।

***

"क्या हाल-चाल है रे लड़का लोग? क्या चल रहा है आजकल? छुट्टी के बाद से तो भेंट ही नहीं दिए " बब्बन ने पूछा।

"अरे गर्दा उड़ा दिए एकदम। अपना से ज्यादा तो दूसरे के बगीचा का आम ज्यादा खाए। ढेला मार-मारकर टिकला तोड़ते थे और दिन भर खाते थे। सरपंच चा का फैजली तो इतना खाए कि क्या बताएँ!" रवि ने बताया। तब तक मंटू ने मंजरी का ज़िक्र कर दिया बब्बन से, "और छुट्टी से आते के साथ ही नया नौटंकी भी करने लगा है। लड़की को देखकर संस्कृत में श्लोक पढ़ता है आजकल!"

"हैं? संस्कृत में श्लोक? वो भी लड़की को देखकर! इतना ज्ञान देते हैं तुमको, हमारा नाम डुबाओगे क्या? कहीं सुने हो लड़की को देखकर संस्कृत बोलते हुए किसी को? अरे गाना गाता है लोग, कविता लिखता है... रबिया! निराशाजनक प्रदर्शन है ये।" बब्बन ने निराश होकर कहा।

"अरे ऐसा कुछ नहीं है। इ ऐसे ही अंट-संट बोल रहा है," कहते हुए रवि आगे बढ़ा और सामने रखा हुआ किसमी बार का पूरा डब्बा उठा लिया। "बाकी मास्टर जी के खाता में लिख लीजिएगा।" रवि ने बोला जब बब्बन ने उसकी तरफ़ देखा।

"काहे भाई? एतना चौकलेट लेकर करोगे क्या? दाँत खराब हो जाएगा... आ' बाकी माने? एक्को नाया पैसा दिए नहीं, आ कह रहे हो बाकी का खाता में लिखने" बब्बन बोला। रवि ने ये सुनकर जेब से अठन्नी निकाली और स्टाइल से बब्बन की तरफ फेंका लेकिन वो नीचे गिर गया।

"रबी सेठ, मैं आज भी फेंके हुए पैसे नहीं उठाता..." बब्बन ने अमिताभ की नक़ल उतारते हुए कहा।

"ऐ भाई, हम तो उठाते हैं," कहते हुए मंटू आगे बढ़ा और पैसा जेब में रख लिया।

"ऊ सब तो ठीक है लेकिन प्रयोजन तो बताओ इस डिब्बे के पीछे का?

कोई खास बात है या ऐसे ही मास्टरजी को चूना लगा रहे हो?'' बब्बन ने पूछा।

''मास्टरजी क्या खैनी हैं जो चूना लगाएँगे! अरे कल पार्टनर का जन्मदिन है, पूरा स्कूल में चौकलेट बाँटेंगे,'' रवि ने कहा तो मंटू अचरज में पड़ गया।

''हमारा जन्मदिन... हमारा जन्मदिन तो...''

''कल है, कल है तुम्हारा जन्मदिन... लिख लीजिएगा खाते में,'' रवि ने मंटू के सिर पर हाथ मारते हुए कहा और उसको उसकी इच्छा के ख़िलाफ़ लगभग ढकेलते हुए आगे बढ़ गया। मंटू अभी तक समझ नहीं पाया था कि हो क्या रहा है। जब दोनों दुकान से बहुत आगे निकल आए तो मंटू ने पूछा, ''हमारा जन्मदिन तो अगले महीने है, कल कैसे हो गया?''

''सब बात जानना जरूरी नहीं है जानी, आगे-आगे देखो क्या-क्या मनाते हैं,'' रवि ने हँसते हुए राजकुमार की आवाज़ निकालने की कोशिश करते हुए कहा, ''लो घर आ गया तुम्हारा, कल साफ कपड़े पहनकर आना स्कूल।''

***

बात यह थी कि रवि को मंजरी की पहली पसंद का पता लग गया था। उसे किशोरावस्था वाला पहला प्रेम हो चुका था। वो मंजरी से मिलने के बहाने ढूँढता रहता था। यही वजह थी कि उसने मंटू का जन्मदिन समय से पहले करवा दिया था।

स्कूल में पहली घंटी चालू थी और मंटू के साथ रवि अपनी क्लास में आया। क्लास के शिक्षक पाठक सर का पैर छूकर मंटू ने आशीर्वाद लिया और उनको एक किसमी बार भी दिया। पाठक सर ने मंटू को आशीर्वाद दिया, "ख़ुश रहिए और जीवन में सफल होइए। देश समाज का नाम रौशन कीजिए, और बदमाशी थोड़ा कम कीजिए," ये कहते हुए पाठक सर ने घड़ी देखी और कहा, "अच्छा सुनो, घंटी का भी समय हो गया है, हम जाते हैं। तुमलोग ये निपटा लो तब तक।"

"जी सर," रवि ने कहा। तब तक रवि पहली पंक्ति के बेंच के पास जाकर एक-एक टॉफ़ी सबको देने लगा। फिर वह अलख को छोड़ते हुए गुड़िया और मंजरी वाले बैंच पर पहुँचा तो गुड़िया ने कहा, "ऐ रवि! हमको एक जादा नै दोगे?" रवि हँसने लगा, "लो तुम दो लो, और तुम भी दो लो," रवि ने मंजरी के आगे दो किसमी बार रख दी। मंजरी से उसकी निगाहें टकराई और दोनों के चेहरे पर वही मुस्कान थी जो तब होती है जब दोनों के मन में बात हो, दोनों को पता हो कि क्या चल रहा है और दोनों ने ही एक-दूसरे को अभी तक कुछ नहीं कहा हो।

फिर रवि ने अलख को एक दिया तो उसने वो भी मंजरी को दे दिया। मंजरी ने जब प्रश्नवाचक निगाह डाली तो बोल पड़ा, "आपको नहीं पसंद तो अपने दोस्त को दे दीजिए ना।"

मंटू ने अलख के हाथ से किसमी बार छीन लिया, "तुमको नै खाना है तो मत लो, यहाँ खाने वाला बहुत है। ऐ सरबन चा, खाइएगा?"

"हाँ रे! लाओ ना। चाचा कहते हो तो उसका टैक्स लगेगा, हमको दू गो

दो!" श्रवण ने कहा।

तभी घंटी बजी और बच्चे बाहर आने लगे। टॉफ़ी का डब्बा देखकर सबने रवि को घेर लिया। बच्चे, "रवि भैया हमको भी," कह-कहकर उछलकर टॉफ़ी के डिब्बे तक पहुँचना चाह रहे थे और रवि मंजरी को देखता हुआ एक एक टॉफी निकालकर बच्चों को देते-देते किसी को पूरा डब्बा ही थमा बैठा। वो बच्चा ख़ुशी के मारे दौड़ने लगा और उसके पीछे सारे बाक़ी बच्चे। लेकिन मंटू ने तेज़ी से दौड़कर डब्बा ले लिया और बोला, "बेसी चौकलेट खाओगे त दाँत सड़ जाएगा, ई लो, एक-एक खाओ।"

एक शिक्षक ने हड़काया, "रे रे! लड़का लोग! क्या हो रहा है उधर? चलिए सब क्लास के अंदर। मंटुआ क्या फुटानी छाँट रहा है रे, चलो क्लास में।"

क्लास के अंदर बैठते ही मंटू ने क़लम निकाली और कॉपी पर लिखा, "क्या?" रवि ने नीचे दिल का फ़ोटो बना दिया और कॉपी पास कर दिया मंटू को। मंटू ने दिल पर लाल रंग के क़लम से बड़ा-सा क्रॉस मार दिया और दूसरे पन्ने पर दिल बनाकर उसके नीचे लिखा 'R+M'। रवि कॉपी खींचने लगा, तो मंटू ने वापस खींचकर दिल को चीरता एक तीर भी बना दिया और चेहरा ऐसा बनाया मानो रॉकेट छोड़ दिया हो आकाश में। वापस रवि ने 'हूँऽऽऽ' कहते हुए निचले होंठ को हल्का-सा ज़्यादा निकालकर, गर्दन हिलाते हुए हामी भरी।

स्कूल ख़त्म होने के बाद रवि मुस्कुराता हुआ गेट पर खड़ा था और मंजरी को जाते हुए देख रहा था। फिर तेज़ी से आगे निकलकर नुक्कड़ पर खड़ा हो गया और वहाँ से फिर से मंजरी को आते हुए देखने लगा। मंजरी अब काफ़ी आगे निकल गई और स्कूल की पूरी भीड़ भी। रवि भीड़ में आँखें फ़ोकस किए हल्की-सी मुस्कान लिए मंजरी के दो चोटियों वाले सर को देखता रहा।

मंटू ने उसके सर पर ख़ाली डब्बा फेंक कर मारा तो उसका ध्यान टूटा, "हो गया मेरा बर्थडे? मना लिए? अब पता चला हमको। कब से चल रहा है ये सब, बताओ न रे। बेटा पीठ में छूरा मारे हो तुम। हमारा बर्थडे मना दिए लेकिन हमीं को नहीं बताए... याद रक्खूँगा। गब्बर टाइप याद रक्खूँगा!"

दोनों बात करते हुए बब्बन की दुकान तक पहुँच गए थे।

"अबे गब्बर का जमाना गया, देवगन का जमाना है, अजय देवगन। किस दुनिया में रहते हो?" बब्बन की आवाज़ सुनकर दोनों चौंके।

"इ सुनो नया गाना," कहते हुए बब्बन ने अपने डेक में नया कैसेट डाला और प्ले का बटन दबा दिया। डेक से 'फूल और काँटे' फ़िल्म से 'धीरे-धीरे प्यार को बढ़ाना है' बजने लगा।

"ई तो अच्छा है ही, लेकिन दूसरा सुनो एकदम मस्त... जरा कैसेट का कभर लाओ इधर," कहते हुए मंटू के हाथ से कैसेट का कवर वापस लिया और पढ़ने लगा, "ओहो! ई तो बी सैट में है... रे मंटू इसको जरा घुमाओ तो लीखो-फेंको डालकर, मस्त गाना बजेगा... यहाँ तक रील ले आना।" बब्बन ने मंटू को कैसेट पर रील के घटने बढ़ने वाली जगह पर एक निशान दिखाते हुए कहा।

"की बब्बन भैया! ई डेक में कर लीजिए ना, हमको बिना बात का खटबा रहे हैं," मंटू ने लिखो-फेंको क़लम को कैसेट की छेद में डालते हुए कहा।

"अरे बैट्टिक लगता है न उसमें! लाइन भी नहीं आया है, ट्रॉन्सफरमा पर जाकर देखना पड़ेगा। कर दो ना यार, दू मिनट तो लगेगा। दस बार घुमाओ औ' मस्त गाना सुनाते हैं।" बब्बन ने प्यार से पुचकारते हुए कहा तो मंटू तैयार होकर, दाँत कींचे हुए ज़ोर से घुमाने लगा। थोड़ी देर बाद चेक किया तो निशान तक आ गया था, "ई लीजिए और सुनाइए कि अजय देवगन कौन है और क्या कर रहा है?"

बब्बन ने डेक में कैसेट डाला तो 'मैंने प्यार तुम्हीं से किया है' वाले गाने का 'अब चाहे जो हो जाए, मैं दुनिया से अब न डरूँ' वाला हिस्सा चालू हो गया।

"ई अजैया देवगन्मा तो बहुत बढ़िया गाता है..." रवि ने कहा तो बब्बन अपने पीछे से निकालकर उसको मायापुरी मैगज़ीन दिया और बताया कि अजय देवगन कौन है, "इज्जत से नाम लो बेटा! आजकल यही चल रहा है। क्या मार करता है... मजा नहीं आया तो पैसे वापस। मार-धाड़ और एक्शन से भरपूर, आइए औए देखिए आज के एक्शन हीरो को आपके अपने सिनेमा हॉल, साबित्री सिलेमा में..."

बब्बन मायापुरी को माइक बनाकर एनाउंसर की तरह बोलने लगा कि

तभी सड़क से गुज़रता वही आदमी वहाँ रुका जो पहले भी रुका था। रुककर वो खैनी लटाने लगा और इनकी बात ख़त्म होने का इंतज़ार करने लगा थोड़ी दूर से।

"हम तो सोच रहे हैं बंबई जाने का, उससे मिलने। लौटेंगे तब बताएँगे कि क्या चीज है... बहुत दिन से इसके बारे में पढ़ रहे हैं। खाली सूपरहिट फिलिम दे रहा है। उधर तो साल भर पहले आता है, यहाँ आते आते टाइम लग जाता है। आते हैं तो तुमको भी दिखाते हैं हॉल ले जाकर।"

"अरे ई मास्टरजी जब तक हैं, हॉल जाना तो मुसकिले लगता है। घर पर भी दिन भर पढ़ाई-पढ़ाई करते रहते हैं। दिन भर ये करो, वो करो... मर ही जाएगा आदमी। हम इ लेते जाएँ मायापुरी, पढ़कर लौटा देंगे एक दिन में। दस पैसा ले लीजिएगा एक दिन का भाड़ा, कॉमिक्स जैसे। चाचा चौधरी का आया है कुछ नया?" रवि ने अपने पिता के रवैये पर झुँझलाहट दिखाते हुए बब्बन से पूछा।

"अरे ले जाओ, हम पढ़ लिए हैं। पैसा बाद में दे देना।" बब्बन ने कहा, "ऊ सब तो ठीक है ई डिब्बा किधर खाली कर आए? दो चोटी वाली को लगता है बहुत चौकलेट दिए हो!"

"अरे नहीं ऐसा कुछ नहीं है, वो तो मंटू का जन्मदिन था तो ले गए थे। आपको बताया भी तो था।" रवि ने घबराते हुए कहा।

"जन्मदिन मंटू का था तो तुम काहे आधा घंटा से उधरे देख रहे थे रस्ता पर? बेटा हम रोज यहीं बैठते हैं, हमको सब पता है कौन आता है, कौन जाता है, कौन किसको देखता है... सेटलाइट हैं हम। अब जल्दी से नाम बताओ हमको।" बब्बन ने पूछा। तभी वहाँ से रिक्शे पर एक आदमी चार लाउडस्पीकर बाँधे हुए, फ़िल्म के पर्चे उड़ाता दिखा तो रवि और मंटू उसके पीछे दौड़ते बच्चों की भीड़ में दौड़ने लगे। मंटू ने किसी छोटे बच्चे से एक पर्चा छीन लिया।

"हज्जारों-हज्जार की संख्या में आइए और प्यार के इस खूबसूरत शाहकार का मजा लीजिए। मारधाड़ और एक्शन से भरपूर... प्यार और बदले की आग में जलता एक नवयुवक, जो आपके और हमारे जैसा ही है लेकिन प्यार की खातिर हद से गुजर जाता है," एनाउंसर ये कहते-कहते गाना बजा देता है,

"हद से गुज़र जाना है..."

"रामप्रिय चा एक हमको भी हीरो वाला दीजिए न, फोटो वाला," मंटू में कहा। "दे रहे हैं! जी हाँ दोस्तो, आपके ही अपने साबित्री के रुपहले चित्रपट पर। इकबाल दुर्रानी का लिखा, कुकू कोहली के निर्देशन में, नदीम-श्रवण के संगीत के साथ," रामप्रिय फिर से बीच में गाना बजाता है, "दिल ये कहता है, कानों में तेरे, धीरे से एक बात कहूँ, क्या?" आवाज़ धीमी कर रामप्रिय कहता है, "आई लभ यू, जी हाँ! प्रेम और बदले की दास्तान, फूल और काँटे, आपके नजदीकी सिनेमा हॉल, साबित्री के रुपहले चित्रपट पर..."

रिक्शा दूर निकल जाता है, रवि-मंटू परचा लिए वापस दुकान पर आते हैं। दोनों हाँफ रहे हैं। बब्बन ने बात वही से उठाई जहाँ छोड़ा था, "नाम बताओ जरा... और हाँ, तुम ऐसे ही खाली डिब्बा लेकर घूमते रहो, चौकलेट तो कोई और खा जाएगा!"

"मतलब?" रवि ने पूछा तो बब्बन ने कहा, "हम दिन भर यहीं रहते हैं, हमको सब पता रहता है। उससे बात करते हुए एक छौरा जा रहा था। पढ़ने में भी सुने बढ़िया है। इसका इंतजाम करो कुछ, नहीं तो... डिब्बा। समझे?"

"उसका तो हो जाएगा इंतजाम। पढ़ने लिखने वाला है, कॉपी दे रहा होगा," रवि ने कहा। "बाबू साहब, कॉपी देते-देते ही लोग एक दिन बियाह का कार्ड दे देते हैं और तुम्हारे जैसे आशिक उनकी शादी में कुर्सियाँ बिछाते पाए जाते हैं। इसका ठीक से प्लानिंग करना होगा। अजय देवगन टाइप कुछ, धीरे-धीरे प्यार को बढ़ाना है, आ बरगहिया भाय, हद से गुजर जाना है... नाम बता दो हमको।"

"अरे कोई नहीं है... आप आइए बंबई से, हमारे लिए भी कुछ लेते आइएगा।" कहते हुए रवि ने मायापुरी बैग में डाली और मंटू के साथ घर की ओर निकलने वाला ही था कि साइकिल से वही आदमी वहाँ आ गया।

"क्या रे रबिया? क्या चाहिए बंबई से तुमको रे? मंटुआ तुम्हारे बाप को कहते हैं कि तुमको बंबई जाना है। भागता है कि नहीं यहाँ से... दिन भर टंडेली छाँटते रहो बस... पढ़ना लिखना साढ़े बाईस... निकलो घर!" खैनी लटाते हुए वो आदमी आया बब्बन के पास और दोनों लड़कों के निकल जाने के बाद, इधर-उधर देखते हुए बोला, "अरे बब्बन बाबू! क्या माल दिए थे

पिछला बार, मतलब क्या बताएँ! पढ़ते–पढ़ते ही साला साँस उखड़ने लगा था हमारा! उ सीला के साथ जो खेत वाला कहानी था, कसम से तीन बार पढ़े हैं, मन हरियर हो गया। लाओ कुछ वैसा ही अगर है तो।''

''अरे साँस उखड़े तो हाथ का सहारा ले लीजिए, बहुत सांति मिलता है... हें हें हें... नया वाला चाहिए? पुरनका लाइए, पुरनका दीजिएगा तऽ उसपर तीन रुपैया छोड़ भी देंगे।'' वह आदमी ख़ुश हो गया, ''है? सच्चो? पुराना मस्तराम लौटाने पर नया वाले पर तीन रुपया का छूट! सही है यार इ तो। मस्तराम को और भी मस्त बना दिए। जुग जुग जियो रे मस्तराम, तोरा दाहिना हाथ उठा के दुआ देते हैं...''

''आप तो भावुक हो गए एकदम से,'' बब्बन ने बात काटते हुए कहा, ''ई लीजिए नया माल, अंदर फोटो भी है बीच में!''

''सच्चो? लाओ एन्ने तो!'', उस अधेड़ आदमी ने मस्तराम की नयी किताब लगभग खींचते हुए बब्बन से छीना और वहीं बीच के पन्नों पर फ़ोटो देखने लगा। ''अरे महराज! फाड़िएगा क्या, अराम से हो। यहीं देख लीजिएगा तो घर में क्या चाची पढ़ेगी। ले जाइए और छत पर बैठकर मजा करिए। और हाँ साँस उखड़ने लगे तो हाथ का इस्तेमाल कीजिए नहीं तो पता चला की वहीं हार्ट अटैक हो गया और पुलीस हमको जेल ले जा रही है। आ बढ़िया से ले जाइए, कोई देखा तो आपके साथ साथ हमारा भी मामला निपट जाना है।''

साइकिल पर बैठकर वह आदमी दाहिने–बाएँ देखते हुए निकल गया। ज्योंहि साइकिल निकली कि एक दीवार के पीछे से मंटू और रवि दोनों निकलकर बाहर आ गए, ''कि बब्बन भैया, ई छरपन चा को कौन–सा किताब दिए कि इनका साँस उखड़ जाता है?''

''अरे कोई किताब नहीं था, उनको दम्मा का बीमारी है, बोल–बोलकर पढ़ते हैं तो साँस फूल जाता है। तुम मायापुरी पढ़ो। और सुनो! कल रात हम जाने वाले हैं नौ से बारह 'फूल और काँटे' देखने, चलना है तो बोलो। साबित्री सिनेमा हॉल में लगा है। खरचा मेरा रहेगा, खाली तुम दोनों को घर से किसी तरह खाकर निकलना होगा। साइकिल से रपेटते हुए आधा घंटा में साबित्री हॉल ठोक देंगे। टिकट वाला जानता है हमको। बताओ चलना है? अजय देबगन दो मोटरसाइकिल पर टाँग रखकर आता है कॉलेज!'' बब्बन बोलते जा रहा था।

"दो मोटरसाइकिल पर कैसे आता है! फरजी का कुच्छो बोलते रहते हैं?" मंटू बोल पड़ा।

"बेटा मंटू, देखोगे तब न पता चलेगा! कि खाली गाँव में बैठे-बैठे दो मोटरसाइकिल पर कैसे आता है करते रहोगे? साढ़े आठ बजे आ जाना दुकान के पास, ध्यान रहे कोई देखे नहीं, समझे? नहीं तो मास्टरजी से हमको बात नहीं सुनना है।"

रवि और मंटू ने एक-दूसरे की तरफ़ देखा। दोनों ने आँखों-ही-आँखों में डिसाइड कर लिया और बात तय हुई कि खाने के बाद निकल लेना है।

रात हो चुकी थी। गाँव में तो लोग आठ बजे तक सो ही जाते हैं। रवि ने अपने माँ के सोने का इंतज़ार किया और घर से निकलने लगा और दरवाज़े को ऐसे खोला कि आवाज़ सुनाई दे। तभी माताजी जग गई, "क्या हुआ? कहाँ जा रहे हो?" "पेशाव लगा था, आते हैं," कहते हुए रवि बाहर निकल गया और थोड़ी देर में वापस आ गया। दरवाज़े को लगाने की आवाज़ करते हुए रवि थोड़ी ही देर बाद, बहुत सावधानी के साथ घर से बाहर निकलने लगा। लेकिन घर के मेन गेट की पुरानी किवाड़ के हैंडल में उसकी शर्ट फँस गई और फिर आवाज़ हुई। "ठीक से लगा लो बेटा, नहीं तो कुत्ता आ जाएगा।" "वही कर रहे हैं, बाहर वाला का हैंडिल लगा रहे थे। तुम सो जाओ।" रवि गेट से अपनी शर्ट छुड़ाकर बाहर आ गया। गेट के बाहर ही अँधेरे में मंटू मिल गया।

फुसफुसाते हुए उसने रवि से बोला, "ऐतना देर कन्ने हुआ?" "अरे माय जाग गई थी, बहुत चलाकी से पेशाव करने का बहाना मार कर निकले।" रवि ने कहा।

"तो क्या पेशाव तीन घंटा करोगे? पकड़ाए न तो बहुत मार लगेगा।" मंटू रवि के घटिया प्लानिंग पर अफ़सोस करते हुए बोला।

"गधा हो क्या एकदम? पेशाव करने निकले, फिर वापस गए, सुना दिया सबको कि वापस आ गए हैं। और फिर से बाहर निकल लिए किसी को पता भी नहीं चला।" रवि ने कहा।

"हमको पता चल गया है," अँधेरे में एक साइकिल रुकी और बदली हुई आवाज़ में बब्बन ने बोला। रवि और मंटू दोनों हाथ पकड़ के भागने लगे कि

शायद कोई दूसरा आदमी है। तभी बब्बन साइकिल से पीछा करते हुए बोला, "अरे हम हैं, बैठो जल्दी। इत्ता डरपोक आदमी हो! लड़का होकर, लड़की जैसा हाथ पकड़ के भाग रहे थे। बैठो जल्दी से।"

रवि आगे बैठ गया, और मंटू पीछे कैरियर पर। साइकिल चल पड़ी और चाँद की धुँधली रोशनी में किसी घर की दीवार पर लिखा दिखा, 'लड़का-लड़की एक समान'। बब्बन तेज़ी से पैडल मारता हुआ गाँव से बाहर निकल गया। "इतना रात को काहे जाते हैं, रविवार को चलते?" रवि ने पूछा। "बेटा, दुकान होता है न शाम तक, और रविवार को तो जादा भीड़ होता है। इसीलिए हम सिलेमा नौ से बारह ही देखते हैं।"

बातचीत की आवाज़ क्षीण होती चली गई और साइकिल अंधेरे में ग़ायब हो गई। हॉल पर पहुँचने के बाद बब्बन ने साइकिल स्टैंड में साइकिल लगाई और टिकट लेने लाइन में लग गया, "तुम दोनों यहीं रहो, हम दू मिनट में टिकट लेकर आते हैं।"

"अरे यार! केतना लोग है रे यहाँ..." रवि ने भीड़ को देखकर कहा।

"हाँ यार, 4-5 हजार तो होगा ही। याद है एलाउंसर कहता था माइक पर कि हजारों-हजार की सँख्या में आएँ। इतना लोग रात में आता है तो दिन में केतना आता होगा।" मंटू ने कहा। तब तक बब्बन आ गया था, "दिन में और भी लोग रहता है। अभी तो कम लोग हैं।"

"अभी कम लोग हैं? हमको तो लगता है 10-12 हजार तो होगा ही! लगता है मेला लगा हुआ है! बाप रे बाप, इतना लोग कहियो नै देखे थे बेगूसराय में।" मंटू ने पहले वाले अंदाज़े को बढ़ा दिया।

"उतना भी नहीं है रे! चलो अंदर चला जाए," बब्बन ने दोनों को एक एक हाथ से उँगली पकड़ाए हुए साथ चलते हुए कहा।

"इतना अँधेरा क्यों है?" मंटू ने पूछा।

"रात में क्या इंजोर रहेगा, बुरबकी घर पर छोड़ कर आया करो," रवि ने कहा।

"मतलब, एक-दो लाइट तो लगा देता। इतना अँधेरा में लोग कहाँ जाएगा, कैसे जाएगा? हाथ छूटा और हेरा गए तो? लाइट तो लगाना ही चाहिए," मंटू ने कहा। तब तक वो लोग टिकट चेक करने वाले के पास पहुँचे जिसके हाथ

में टॉर्च था, मंटू बोल पड़ा, "चाचा इतना बड़ा हॉल बनाए हैं, दू-चार गो बॉल लगवा देते तो टॉर्च में बेट्टीक नहीं जारना पड़ता ना?"

"भाय जी, बुतरू है, पहला बार आया है। बुरा नै मानिएगा। मंटुआ चुप रहो तुम थोड़ा देर।" बब्बन ने टिकट दिखाते हुए कहा और टॉर्च वाले ने टॉर्च से उनको सीट दिखा दी। तीनों सीट पर बैठ गए।

"टीभी कहाँ है? आगे तो अन्हार है पूरा," रवि ने कहा तो मंटू बोला, "सब लोग बैठ जाएगा तब टीभी लगाएगा लगता है।" बब्बन इन दोनों की मासूम बातों पर मुस्कुरा रहा था।

फ़िल्म शुरू होते ही जो बहुत अधिक लाइट आई परदे से तो रवि और मंटू डर गए, "इ त आँखे चोन्धरा गया हो! इतना बड़ा टीभी! यार इतना बड़ा टीभी त फोटो में भी नहीं देखे!"

रवि की आँखों में एक आश्चर्य और उत्साह था। हालाँकि ये उत्साह तब तक खुलकर सामने नहीं आया जब तक अजय देवगन की एंट्री दो बाइक के ऊपर पैर रखकर नहीं हुई। ज्योंहि, वो दृश्य पर्दे पर आया, पूरा सिनेमा हॉल खड़े होकर सीटी और तालियाँ बजाने लगा। कुछ लोग सिक्के फेंकने लगे। सिक्के उड़ते देख मंटू उठकर धीरे-धीरे परदे के पास चला गया और सिक्के लूटने लगा। रवि और बब्बन को फ़िल्म के उन्माद में पता भी नहीं चला कि मंटू सिक्का लूटने चला गया। रवि कुर्सी पर खड़े होकर ज़ोर-ज़ोर से 'अजय देवगन जिन्दाबाद, जिन्दाबाद- जिन्दाबाद' के नारे लगाने लगा। और हॉल जब शांत हुआ तो मंटू वापस आ गया था लेकिन रवि की नारेबाजी चालू थी। तब किसी आदमी ने उसे बैठाया तब जाकर वह बैठा। आगे के भी फ़ाइट सीन में यही हुआ जब अजय देवगन ने ये डायलॉग बोला, "बाप से नज़रें मिलाओगे, तो अंधे हो जाओगे..." रवि पर अजय देवगन का नशा चढ़ता गया और फ़िल्म के ख़त्म होने तक वो अजय देवगन के संवाद बोलने लगा था। उसके डायलॉग्स हिंदी और ठेठी की मिलावट लिए हुए थे।

फ़िल्म खत्म होने के बाद साइकिल स्टैंड से बब्बन साइकिल निकाल रहा था और रवि-मंटू बाहर इंतज़ार कर रहे थे। दोनों फूल और काँटे का पोस्टर निहार रहे थे और हाथ चला-चलाकर कुछ बात कर रहे थे।

"चलो बैठो, मजा आया कि नहीं?" बब्बन ने पूछा। "अरे भैया,

गज्जब सिलेमा था। एकदम क्या बात है! और अजय्या देबगन तो सच्चो में दो मोटरसाइकिल पर आया। सच में ऐसा होता है क्या?'' रवि पूछ बैठा। साइकिल चल पड़ी। ''अरे अजय देबगन का बाबूजी फाइट मास्टर है। सब हीरो को फाइट-कराटा सिखाता है। अपना बेटा को नहीं सिखाएगा? उन्हीं से सीखा है और देखो क्या मारता है! मजा आ गया।''

''हम तो देखिये टिकट के पैसे से ज्यादा लूट लिए भीतर में!'' मंटू ने जेब झनझनाते हुए कहा, ''सही है सिलेमा भी दिखाता है और पैसा भी लुटाता है। बढ़िया है। अब से हर रात भागकर देखेंगे।''

''तुम यही करो, इसीलिए तुम को कहीं लेकर नहीं जाने का मन होता है। कोई देख लिया तो क्या कहेगा?'' रवि ने पूछा।

''अरे अन्हार में कौन देखता है!'' मंटू ने कहा, ''लेकिन जो भी कहो! मारता एकदम गर्दा उड़ा के है। ऐसा मारा, ऐसा मारा की गुंडा लोग याद रखेगा। हमको तो नहीं लगता है कि दूसरी बार कोई इसके साथ काम करेगा। एकदम देह तोड़ दिया मार-मार के।''

''खाली मारा नहीं, प्यार भी किया। मैंने प्यार तुम्हीं से किया है, ट र र र रन, मैंने दिल भी तुम्हीं को दिया है, अब चाहे जो हो जाए, मैं दुनिया से अब न डरूँ, तुझी से मैं प्यार करूँ... बब्बन भाय जी एहसान रहेगा जिन्दगी भर'' रवि भावविह्वल होकर बोल रहा था।

''अरे एहसान क्या, फिर आएगा लाया सिलेमा तो फिर दिखाएँगे, टेंसन मत लो।'' बब्बन ने साइकिल चलाते हुए कहा।

''हाँ, एकदम मारधाड़ और एक्शन से भरपूर... साबित्री सिलेमा के रुपहले पर्दे पर, साबित्री सिलेमा, बेगूसराय...'' रवि ने ख़ुशी में एनाउंसर की नक़ल उतारते हुए कहा। थोड़ी देर बाद बब्बन ने उनको घर के पास उतार दिया। रवि दबे पाँव से घर पहुँचा। और ज़ोर से आवाज़ करते हुए दरवाज़ा खोला।

''कौन है?'' माताजी ने पूछा। ''हम हैं, पेशाव लगा है,'' रवि ने कहा।

''ऐतना पानी काहे पीते हो रात में कि पूरा टाइम पेशाव ही करते रहते हो। सो जाओ जाकर।''

***

रवि और मंटू बब्बन की दुकान पर पहुँचे। दुकान पर 'सबसे बड़ा खिलाड़ी' फ़िल्म से 'ज़हर है कि प्यार है तेरा चुम्मा' बज रहा था। मंटू मज़े लेते हुए बोला, "बब्बन भैया परनाम! ई चुम्मा और जहर में एतना कन्फ्यूजन काहे है?"

"तुम पढ़ो लिखो मत, यही फिल्म के गाने का सप्रसंग व्याख्या करते रहो... क्या हाल है रे रबी कुमार?"

"अरे भैया हम तो ठीक हैं लेकिन एक समस्या आ गया है?"

"क्या समस्या है? हमको भी बताओ, देखते हैं कुछ समाधान तो हो ही जाएगा।" बब्बन ने विश्वास दिलाया।

"एक समस्या है, गंभीर समस्या..." मंटू ने कहा।

बब्बन ने पान लगाते हुए कहा, "सोलह साल उमर नहीं हुआ है और समस्या गंभीर हो गई है... अरे रे रे! लड़की वाला समस्या है क्या रे?" बब्बन ने आवाज़ धीमी करते हुए पूछा तो रवि ने सर हाँ में हिलाया, "बताओ पूरा बात, देखते हैं क्या किया जा सकता है।"

"अरे वही अलखवा, ऊ बगल में बैठता है और दिन भर बतियाता रहता है। हम क्या करें समझ में नहीं आता। कुछ उपाय करिए," रवि ने कहा।

"हम तो पहले ही बोले थे। और आज तो हमसे कार्ड और सेंट वाला ग्लीटर पेन ले गया है," कहते हुए बब्बन ने एक सेंट वाली कलम निकाली और रवि को देखने दिया। रवि ने ढक्कन खोलकर लिखा और सूँघने लगा, "अरे बरगाही! ई तो गजब गमकता है! सूँघो तो रे मंटू।" रवि ने मंटू की तरफ वो काग़ज़ बढ़ा दिया।

"अइस्साला! इससे तो अलखवा का सेटिंग सही हो जाएगा। आप हमारे पाटी में हैं कि उसके?" रवि ने खींझते हुए कहा और कलम का लिखा फिर से सूँघने लगा। रवि इस बात से ग़ुस्सा हो गया, "कमाल के आदमी हैं आप! कार्ड काहे दिए उसको? भक्क! सब बर्बाद हो गया। चलो यार यहाँ से, इनको

बस दुकान चलाना है और सामान बेचना है किसी भी तरह...''

''अरे सुनो तो... ऐ रबी!'' बब्बन ने मनाने की कोशिश की।

''घंटा सुनें? आप कार्ड बेचते रहिए ऐसे ही...'' रवि ने कहा और वहाँ से ग़ुस्सा होकर निकल गया।

''अरे कलम तो दे दो?'' बब्बन ने क़लम माँगी जो रवि लिखने के बाद हाथ में ही लिए जा रहा था।

''कलम चाहिए! आँख फोड़ देंगे आपका!'' रवि ने कहा तो बब्बन ने जवाब दिया, ''ठीक है रख लो, बाद में दे देना।'' फिर धीरे से बब्बन ने ख़ुद से कहा, ''ई काम तो गड़बड़ा गया!''

स्कूल में छुट्टी हुई थी। अलख मंजरी के पीछे जा रहा था और थोड़ी दूर बाद उसे अकेला देखकर उसने उसे रोककर कहा, ''ये तुम्हारे लिए है।'' कहते ही अलख ने एक बड़े लिफ़ाफ़े में रखा कार्ड उसे दे दिया। कार्ड को मंजरी ने लिफ़ाफ़े से निकाला और ऊपर पढ़ने लगी जिसपर 'टू अ फ्रेंड' लिखा हुआ था। कार्ड खोलते ही बड़ा-सा दिल निकला जिसे देखकर मंजरी ख़ुश हो गई।

दूर से रवि और मंटू इन दोनों को देख रहे थे। ज्योंहि वो ख़ुश हुई, रवि का दिल बैठ गया और उसने मंटू से कहा, ''ये तो ख़ुश हो रही है! लगता है मेरा पत्ता कट गया! ई बबनमा को तो छोड़ेंगे नहीं हम! सब बर्बाद कर दिया''

तब तक मंजरी कार्ड के अंदर लिखे हुए को पढ़ने लगी। ऊपर में ये ख़ुशबू वाले ग्लिटर पेन से ये शायरी लिखी थी:

''जिन्दगी में किसी मोड़ पर खुद को तन्हा न समझना,
साथ हूँ मैं आपके खुद से जुदा मत समझना,
उम्र भर आपसे दोस्ती करने का वादा किया है,
अगर जिंदगी साथ न दे तो हमें बेवफा न समझना''

और उसके नीचे लिखा था, ''पसंद न आए तो दोस्त को दे देना''

ये पढ़ते ही मंजरी के चेहरे का रंग लाल हो गया। उसने अपना बैग नीचे उतारा और कार्ड को बुरी तरह से फाड़ते हुए, अलख के चेहरे पर नज़र टिकाए, उसके पुर्ज़े उसने अलख के चेहरे पर फेंक दिया। फिर वह ग़ुस्सा होकर आगे चली गई, अलख कार्ड के टुकड़े, इधर-उधर देखते हुए चुनने लगा।

दीवार की ओट में छिपे रवि और मंटू ने एक-दूसरे के हाथों को हवा में लहराकर मिलाते हुए ताली बजाई और खीं-खीं-खीं करते हुए पेट पकड़ कर हँसने लगे क्योंकि दोपहर में अलख के साथ ये काम उन्हीं दोनों ने किया था।

क्लास से सब चले गए थे लेकिन रवि और मंटू अंतिम बेंच पर बैठे रहे। सबके जाते ही मंटू गेट पर खड़ा हो गया और रवि ने अलख का बस्ता खोला। उसमें कॉपी के बीच कार्ड वाला लिफ़ाफ़ा था। लिफ़ाफ़ा खोलकर कार्ड निकाला और फिर उसपर अपने ग्लिटर पेन से नीचे जोड़ दिया, "पसंद न आए तो दोस्त को दे देना"। ये लिखकर कार्ड वापस लिफ़ाफ़े में, और लिफ़ाफ़ा कॉपी में रखकर, कॉपी को बस्ते में डाल दिया। फिर दोनों निकल गए।

***

आजकल रवि अख़बारों के फ़िल्मी विशेषांक पर ज्यादा ध्यान देने लगा था। मास्टरजी से माँगकर वह अख़बार लेता था और जब तक मास्टरजी होते थे मुख्य समाचार पत्र पढ़ता था और उनके जाते ही साप्ताहिक विशेषांक निकाल कर बैठ जाता था। महीने भर में उसने अलग-अलग जगह से अजय देवगन के कई चित्र निकाल लिए और रविवार को कमरे में बैठकर कैंची से उसका कटआउट बनाने लगा। रवि कटआउट बहुत ही अच्छा निकालता था, चित्र के चारों तरफ़ बिल्कुल समान जगह छोड़ता हुआ। उसे इसमें महारत हासिल हो गई थी।

घर पहुँचकर रवि ने अपने कमरे में इस महीने की मायापुरी निकाली और उसे पढ़ने बैठ गया। उसने उसमे अजय देवगन की मोटरसाइकिल पर एंट्री वाली तस्वीर देखी और फ़िदा हो गया। वह अपने-आप को, जैसे-जैसे अजय देवगन के बारे में पढ़ता गया, अजय देवगन मानने लगा। थोड़ी ही देर में वह ख़्यालों में खो गया और ख़ुद को मंजरी के साथ हीरो के रूप में सोचने लगा। सोच के बुलबुले में रवि देखता है कि वो मंजरी पर अपनी हीरोगीरी के उन्माद में दो साइकिल के कैरियर पर अपने दो अलग-अलग पाँव टिकाकर गेट तक आ रहा होता है। पीछे गाना बज रहा है 'मैंने प्यार तुम्हीं से किया है' और रवि साइकिल पर लिप-सिंक करते हुए, लगभग नाचते हुए गेट की तरफ़ आगे बढ़ रहा है। जहाँ गाने के हिस्से में 'मैं दुनिया से अब न डरूँ' आता है, तो रवि नीचे कूदकर मास्टरजी के सामने मंजरी का हाथ थाम लेता है और उसे गले से लगा लेता है।

वर्तमान में दरवाज़े पर दस्तक हुई और मास्टरजी दरवाज़ा खोलते हुए उसके कमरे में आ गए। आनन-फ़ानन में मायापुरी को रवि ने बिस्तर के नीचे छिपा दिया। मास्टरजी को लग गया कि कुछ गड़बड़ है। उन्होंने इधर-उधर टहलते हुए रवि को उठने कहा और पूछा, "क्या कर रहे थे? स्कूल खत्म हो गया तो पढ़ाई कर लो थोड़ी-सी। आजकल स्कूल में भी क्लास में कम और

बारंडे पर ज्यादा दिखते हो, तिवारी जी बता रहे थे।''

रवि उत्तर देते हुए, कोने में मायापुरी के कोने को छुपाने की कोशिश करने लगा पर मास्टरजी ने देख लिया और पूरा बिस्तर उलट दिया। मायापुरी हाथ में लिए कमरे से बाहर आकर वे आँगन में बैठ गए जहाँ रवि की माँ भी थी। ''तो ये हो रही है पढ़ाई? जरा देखिए ये क्या कर रहा है आजकल। और हमको पक्का लगता है कि उस रात इसको पेशाव-उशाव कुछ नहीं लगा था, बात कुछ और ही थी। हमको कोई बताया कि ई बब्बनमा के साथ कहीं जा रहा था साइकिल पर।''

माताजी ने रवि का बचाव करते हुए कहा, ''ऐसे कैसे कोई भी देख लिया बब्बनमा के साथ? हमको बढ़िया से याद है उस दिन पानी ज्यादा पी गया था। उस दिन तो पाँच बार जगा है कम से कम!''

''और ई मायापुरी, इसका कोई जवाब है आपके पास कि ये भी ज्यादा पानी पीने से कमरे में उग गया?'' मास्टरजी ने कटाक्ष करते हुए कहा, ''महीना भर से इसका चाल-चलन देख रहे हैं। बाल देखिए कैसे चुहार जैसा कर लिया है, किसी तरीक़े से ये लगता है हेडमास्टर का बेटा? बटन खोलकर घूमते हैं, गाने गाते रहते हैं... यही पढ़ेगा, ऐसा ही बनेगा''

''ऐसे थोड़े होता है कि सिनेमा देखकर आदमी वही बनने लगता है। किताब के अलावा भी थोड़ा बहुत मनोरंजन का तो पढ़ना ही चाहिए। आप तो जितना गुस्सा होना चाहिए उससे ज्यादा ही हो गए हैं,'' माताजी ने बचाव में कहा।

''अच्छा? ये फोटो देखा,'' विवेकी राय ने मायापुरी से एक फ़ोटो दिखाई जिसमें अजय देवगन की एक तस्वीर थी, शर्ट का बटन खुला हुआ और लंबे बाल थे, ''और अब इनकी शक्ल देखो। देखो कि कैसे शर्ट पहनता है गाँव के हेडमास्टर का लड़का। गाने गाते हुए घूमता है स्कूल में! क्या कहेंगे लोग कि मास्टर का लड़का हीरोगीरी करता है!''

''बेटा ये सब अच्छा लगता है क्या, ये बटन टूट गया है क्या?''

''मतलब कह रहे हैं कि स्टाइल मार रहा है बेटा तो आप कह रही हैं कि बटन टूट गया है!'' मास्टरजी ने रवि के शर्ट के सही-सलामत बटन को पकड़कर माताजी को दिखाते हुए कहा।

यह कहकर मास्टरजी ने चाय माँगी और अपने कमरे में चले गए। रवि अपने कमरे की तरफ़ जाने लगा तभी मास्टरजी ने कहा, "अरे हाँ, शाम में लल्लन सिंह के घर में शादी है। न्यौता आया है सपरिवार। कपड़े ढंग से पहनकर 7 बजे तैयार रहना। बारात आएगी, उस से पहले हम सबको पहुँचना है।"

"हमको नहीं जाना है ये बियाह-शादी देखने। पूरा महीना किसी-न-किसी के बियाह के चक्कर में लोडिस्पीकर बजा-बजाकर माथा खराब कर दिया है। पढ़ भी नहीं पाते हैं," रवि ने अपने कमरे में जाते-जाते बोला। तब माताजी ने बात काटते हुए कहा, "तुम्हारा भी करवा दें? कोई आ जाएगी तो मदद कर देगी। अब हम बूढ़े हो रहे हैं!"

मास्टरजी उधर से बोले, "पूरा परिवार को बुलाए हैं तो जाने में क्या दिक्कत है? थोड़ी देर साथ में खड़े रहिएगा, मन न लगे तो वापस आ जाइए।"

"मेरा मन नहीं है। इतना भीड़ होता है वहाँ पर। आप लोग जाइए ना, हमको कौन खोजेगा। आपको सब खोजता है मास्टरजी परनाम, मास्टर साहब परनाम..." रवि ने आवाज़ कॉपी करते हुए कहा।

"समझाइए इसको, कैसे कर रहा है!" मास्टरजी ने कहा।

"छोड़ दीजिए नहीं जा रहा है तो। इसकी भी शादी में कोई नहीं आएगा और क्या। अकेले ढोल बजाना और अकेले नाचना मंटुआ के साथ। तोरा बियाह में हम नटुआ, हमरा बियाह में तों नटुआ..." माताजी ने मज़ाक़ करते हुए कहा।

घर में रवि अकेले बैठा हुआ था और मास्टरजी और माताजी दोनों शादी के लिए निकल गए। घर से निकलते ही उन्हें मंटू मिल गया, "चाची, रवि कहाँ है? हमको छोड़ के पहले ही भाग गया क्या?" "अरे नहीं, वो घर में मुँह फुला के बैठा है, बोल रहा है नहीं आएगा।" माताजी ने कहा।

"ऐसे कैसे नहीं आएगा? आप लोग बढ़िए हम उसको लेकर आते हैं।" मंटू रवि के घर की तरफ़ बढ़ा। इधर रवि मास्टरजी के जाते ही फिर से मायापुरी निकालकर बैठ गया। थोड़ी देर बाद मंटू आया दौड़ते हुए, बाहर से ही

'रे रवि, चलो न रे' बोलते हुए घुसा। रवि को मायापुरी के साथ बैठा था और बिना देखे बोला, "तुम जाओ पेट पूजा करने, हमको नहीं जाना है।"

"एक बात बोलेंगे तो मिजाज हरियर हो जाएगा और तुरंत निकल पड़ोगे।" मंटू ने चहकते हुए कहा तो रवि ने अनमने ढंग से जवाब दिया, "अच्छा?"

"आई है... पक्का पर खड़ी थी!" मंटू का यह बोलना था और रवि की बाँछे खिल गईं। उसके चेहरे पर के भाव उदासी से प्रसन्नता की ओर दौड़कर चले गए। उसने मिनट भर में ही कपड़े बदले, अजय देवगन की तरह बटन खुला छोड़कर लाल गंजी दिखाते हुए, और मंटू को साथ लिए निकल गया।

शादी का माहौल था, मास्टरजी बारात की अगुआई में खड़े थे। जयमाल की तैयारी चल रही थी और स्टेज को अंतिम रूप से सजाया जा रहा था। लड़कियों की एक टोली घर के दरवाजे पर खड़ी थी। इस टोली में मंजरी भी थी। "लगता है बारात आ गई... वो देख पटाखे फूट रहे हैं, वो देख रॉकेट!" किसी ने कहा तो सब दौड़ कर छत पर जा पहुँचे जहाँ से नीचे की सड़क भी दिखती थी जहाँ से बारात आगे थोड़ी दूर बने टेंट तक जानी थी।

आगे आगे ब्रास बैंड था और अपने माथों पर ट्यूब लाइट उठाए चल रहे मज़दूर। बीच में बाराती नाच रहे थे। सब कुछ सामान्य था। ऊपर से महिलाएँ और लड़कियाँ उसका लुत्फ़ उठा रही थीं। तभी रवि और मंटू आते दिखे, उन्होंने बैंड मास्टर के कान में कुछ कहा और फिर बीच में कूद पड़े। अचानक से बजती हुई धुन बंद हो गई और रवि-मंटू का नागिन डांस चालू हो गया। नागिन डांस चालू होते ही माहौल बदल गया और ख़ूब सीटियाँ बजने लगीं। मंटू बीन बजा रहा था और रवि नागिन बनकर लोट-लोटकर नाच रहा था। नाचते-नाचते ही उसकी निगाह मंजरी पर पड़ी, दोनों की आँखें मिली, मंजरी मुँह दबाकर मुस्काई और रवि का डांस इस चक्कर में क्षण भर को रुका, और फिर शुरू हो गया।

यह एक पल का प्रेम मिलन और दोनों के चेहरे की मुस्कान से लग रहा था कि सालों से ये मोहब्बत चल रही हो। रवि के नागिन डांस में अचानक से नया जोश भर गया था। हो-हल्ला और सीटियों की आवाज़ सुनकर मास्टरजी का ध्यान उस तरफ़ गया, "आधी बारात यहाँ है, बाकी के लोग कहाँ रह गए?"

"बाकी के लोग को शेषनाग के अवतार, रवि कुमार, नाचते हुए ला रहे हैं," तिवारी जी चुटकी लेते हुए कहा।

ब्रास बैंड और ये नागिन डांस अपनी जगह लगातार बदलते हुए आगे बढ़ रहे थे। जब ये डांस मास्टरजी के आगे पहुँचा तो रवि को वहाँ देखकर उन्होंने अपना सर पीट लिया। मंटू की नज़र मास्टरजी पर पड़ी तो उसके हाथ से रुमाल छूट गया लेकिन रवि के 'फन' बने हुए हाथ ने इस बात का फ़ायदा उठाते हुए उसे दो चार जगह 'डस' लिया। मंटू को डसने पर ऊपर मंजरी की हँसी नहीं रुक रही थी। मंटू बार-बार दबी आवाज़ में 'मास्टरजी-मास्टरजी' बोल रहा था, लेकिन रवि उसकी तरफ़ ध्यान नहीं दे रहा था।

मास्टरजी के चेहरे पर थोड़ी नाराज़गी थी। तिवारी जी हँस रहे थे।

पंडाल के पास, गेट के बाहर एक आदमी पान लगा रहा था। वहीं एक लड़के ने, जो जीन्स और शर्ट पहने सबसे अलग दिखने की कोशिश में था, पानवाले से एक पान माँगा। वो नशे में था और हिल-डुल रहा था। पानवाले ने पान दिया और उस लड़के ने खाते ही फेंक दिया, "भक साला! कितना घटिया पान है! ये कोई तरीका है पान लगाने का। बज्र देहात है साला ये पूरा गाँव, मूड खराब कर दिया!"

यह बात एक दूसरा आदमी सुन रहा था। लगभग साढ़े छः फ़ीट लंबे और तंदुरूस्त उस आदमी ने उसके हाथ पकड़े और थोड़ी देर हिलाने के बाद कहा, "बाबू, ई हाथ अभी खिज्जा लग रहा है, खींचेंगे ना, तो उखड़ जाएगा। और सुनो, ई बेगूसराय है। थोड़ा तमीज से बात करो। ये तो लल्लन बाबू के मित्र हैं तो आ गए हैं, नहीं तो इनका एक बेटा एसपी है, दूसरा कलक्टर। पता चला ना, तो नीचे से पान खिलाएगा और मुँह से चूना हगबा लेगा..." फिर उसने उसकी नक़ल उतारते हुए कहा, "पान लगाना नहीं आता! चल यहाँ से।"

शादी का माहौल था। सामने स्टेज लगा हुआ था और लड़की पक्ष का कोई आदमी अभिनंदन पत्र पढ़ रहा था। सामने बारात को अभिनंदन पत्र बाँटे जा रहे थे। एक आदमी हर बाराती को गुलाब का एक फूल दे रहा था। वो फूल कपड़े का बना हुआ था और पॉलीथिन में लपेटा हुआ था। कोई एक बोतल परफ्यूम लेकर बारातियों पर स्प्रे कर रहा था तो एक बाराती ने कहा, "अरे बचा के ले जाओगे क्या? थोड़ा इधर भी डालो यार की गम-गमा जाये एकदम से!"

उसने अपनी एक बाँह उठाते हुए कहा। परफ़्यूम मारने वाले ने बाराती-सराती के मज़ाक़ को अगले स्तर पर ले जाते हुए कहा, "अरे थोड़ा काहे, पूरा ठिप्पी खोल के बोतल आप ही पर ढार देते हैं, अगला बारात तक गम-गमाते रहेगा।" ये कहते हुए उसने उसपर ढेर सारा स्प्रे मार दिया।

अभिनंदन पत्र पढ़ने वाली की आवाज़ शुरुआत में धीमी थी, जैसे ही भीड़ बढ़ने लगी अचानक वो आदमी जज़्बाती हो गया और दहेज़ के ख़िलाफ़, लेकिन दहेज़ को अपने तरीक़े से सही ठहराते हुए, बोलने लगा: जैसा कि आपको पता ही होगा कि इस शादी में एक रुपया भी नहीं लिया गया है। वधू पक्ष से समान-ऊमान, अपनी इच्छा से पिता ने दिया है जो कि दहेज नहीं कहा जाना चाहिए! दहेज़ एक ख़राब प्रथा है, इसके कारण कई बेटियाँ जला दी जाती हैं... हम सबको लड़ना है इस से...!"

तभी स्प्रे वाला मुस्कुराते हुए बोला, "पापी साला! यहाँ ज्ञान दे रहे हैं और पिछले महीने अपने बेरोजगार बेटा के लिए तीन लाख रुपया और मोटरसाइकिल लिए हैं। मोटरसाइकिल नहीं दे रहा था तो पेटकुनिया मारकर बियाह रोकने पर तुल गए थे! सुनिए भाई साहब चाहे पैसा लीजिए या सामान, सब दहेज ही है, बाकी कहने के लिए तो पटना का मकान भी गिफ्ट ही कहा जाएगा। है कि नहीं!"

इधर रवि नाचने में मस्त था। मास्टरजी जा चुके थे। रवि का नाचना तब रुका जब मास्टरजी अपने चेहरे की नाख़ुशी ज़ाहिर करते हुए वहाँ से जा चुके थे। लेकिन मंजरी के चेहरे की मुस्कान के सामने रवि को वो नाराज़गी मंज़ूर थी। रवि ने मंटू से कुछ कहा, फिर मंटू ने गुड़िया से कुछ कहा।

रवि और मंजरी शादी के टेंट से थोड़ी दूर, अकेले में जहाँ आस-पास किसी के आने की उम्मीद नहीं थी, मिले। मंजरी ने आते ही कहा, "यहाँ क्यों बुलाया हमको? और ये क्या सड़क पर लोट रहे थे नागिन बनकर... छी:!" मंजरी ने झूठा-मूठा मुँह बनाकर कहा तो रवि ने कहा, "ये कला है जो सबको आती नहीं, देखना एक दिन तुम जैसों के चलते गायब हो जाएगी ये प्राचीन नृत्यकला!" दोनों इस बात पर ज़ोर से हँस पड़े जब मंजरी ने हँसते-हँसते कहा, "नृत्यकला! वाह वाह..."

फिर दोनों ही चुप हो गए। थोड़ी दूर पर मंटू और गुड़िया पहरा दे रहे थे। दोनों ऐसे खड़े थे मानो बहुत परेशान हों कि कहीं किसी ने देख लिया तो बवाल हो जाएगा। लेकिन वो जहाँ थे वहाँ से लोगों को दिख रहे थे। थोड़े अलग थे, लेकिन ऐसी भी जगह नहीं जो कही जाय कि छुपने के लिए सही थी।

मंटू और गुड़िया दोनों को जाते देख अलग जा ही रहे थे कि तिवारी जी किसी बुज़ुर्ग आदमी के साथ दिख गए, "इधर क्या कर रहा है रे मंटुआ? Go eat barati... बाराती को खिलाइए जाकर!" पास ही पानी लेकर एक लड़का जा रहा था, और तिवारी जी अपनी अँग्रेज़ी से बुज़ुर्ग को इम्प्रेस करने की भरपूर कोशिश कर रहे थे, "Hello water boy, increase the water little!"

तिवारी जी की अँग्रेज़ी सुनकर पानी वाला उनका मुँह देखने लगा। तब मंटू ने अनुवाद किया, "अरे भाय जी, सर अंग्रेजी में कह रहे हैं कि पानी बढ़ाइए थोड़ा! हमारे स्कूल में सर से अंग्रेजी सीखिए आकर नहीं तो पानिए बाँटते रह जाइएगा।"

मंटू ने शादी के हल्के माहौल का फ़ायदा उठाया और वहाँ से बोलते हुए भाग गया। गुड़िया भी चली गई।

इधर, तिवारी जी और सारी दुनिया से दूर इस कोने में मंजरी ने नज़रें झुकाई हुई थी और रवि उसे देख रहा था। फिर मंजरी ने धीरे से पॉलीथिन में लपेटा हुआ कपड़े वाला गुलाब रवि को दिया। रवि के चेहरे पर बहुत ज़्यादा ख़ुशी थी। वो चुप था और मुस्कुरा रहा था। उसका चेहरा लाल हो गया था, मंजरी मुस्कुराते हुए वहाँ से दूसरी तरफ़ निकल गई, रवि अपनी मुस्कराहट और लालिमा के साथ दूसरी तरफ़ निकल गया।

***

कुछ समय बाद एक दिन गाँव में क्रिकेट का मैच हो रहा था जिसमें बग़ल के गाँव के स्कूल के बच्चे आए हुए थे। एक लड़का बैटिंग करते वक़्त बार-बार लड़कियों की तरफ़ देखकर मुस्कुरा रहा था। मंटू ने उसे देख लिया और रवि को बताया। रवि भी उसे देखने लगा। तभी एक बॉल 'परीक्षा कक्ष' की छत पर गई। रवि लाने के लिए ऊपर चढ़ा तो गेंद वहाँ एस्बेस्टस में लगे नट-बोल्ट पर अटक गई थी। बॉल लाने के बाद रवि फिर से उस पर ग़ौर करने लगा। जब भी वो शॉट मारता तो लड़कियों की तरफ़ देखकर मुस्कुराता। थोड़ी देर बाद रवि की टीम की बैटिंग आई। रवि ने एक बॉल हवा में खेला और एक लड़के ने कैच ले लिया। लेकिन जाते-जाते रवि रुक गया और फ़ील्डर्स गिनने लगा। पता चला कि विपक्षी टीम के बारह खिलाड़ी खेल रहे थे। अम्पायरिंग तिवारी सर कर रहे थे जिन्हें रवि से पहले से ही कुछ चिढ़ थी तो रवि ने उनकी तरफ़ देखा और कहा, ''ये तो बारह खिलाड़ी हैं, ये तो नो बॉल होनी चाहिए।''

''अरे इतना चलता है, अब आउट हो गए तो काहे बहाना मार रहे हो? जाओ बाहर,'' कहता हुआ वही लड़का रवि के पास आ गया, जो कि कप्तान भी था, ''ये जरूरी थोड़े ही है कि जिसने तुम्हारा कैच लिया वही बारहवाँ खिलाड़ी था!''

''तुमसे बात कर रहे हैं? हम अम्पायर से पूछ रहे हैं न, शांत रहो और हीरोगीरी कम करो...'' रवि ने बोला तो कप्तान साहब को हीरोगीरी दिखाने का मौका मिल गया।

''बैटिंग नहीं आती है तो खेलते क्यों हो? कैच आउट हुए तो निकलो यहाँ से...''

''अरे स्साला! हमारा स्कूल, हमारा ग्राउंड, हमारा गाँव... हम ही निकले यहाँ से? नो बॉल मानते हो कि अपना दूसरा रूप दिखाएँ तुमको?'' रवि ने धमकाया। तब तक तिवारी जी आ गए और मामले को रफ़ा-दफ़ा करने की कोशिश करने लगे, ''अरे छोड़ो रवि, खेल को खेल की तरह खेलो...''

"समझाइए अपने विद्यार्थी को... क्या पढ़ाते हैं इन लोगों को?"

यह कहना था लड़के का कि रवि ने बैट नीचे रखा और दो मुक्के दिए। कप्तान ज़मीन पर और तिवारी सर अवाक्। मंटू तब तक दौड़ता हुआ आया और बिना पूछे कि क्या हो रहा है, कप्तान की धुलाई शुरू कर दी। तब तक रवि दौड़कर बाँस की फट्ठियों से बने विकेट ले आया और कप्तान को दौड़ा-दौड़ाकर मारने लगा, "तुम तिवारी माट्साब को ऐसे बोलोगे? हमारे स्कूल में आकर हमारे ही माट्साब के बारे में... तेरी तो... रे मंटुआ घेरो तो रे इसकी पूरी टीम को। आज बताते हैं कि क्या पढ़ाते हैं हमारे स्कूल में, घेरो सालों को..."

"ये तो उस नो बॉल का हिसाब है, एक हिसाब और बाकी है। समझदार तो दिखते नहीं कि इशारा कर दें, अगर तुम या तुम्हारे गाँव को कोई भी छौरा हमारे गाँव में आया, तो माँ कसम, देह तोड़कर भेजेंगे!" रवि ने उसके गाल पर डंडा लगाते हुए फूल और काँटे का ये डायलॉग बोला, "और हाँ, याद रखना 'बाप से नजरें मिलाओगे, तो अंधे हो जाओगे..."

कप्तान जब उठकर खड़ा हुआ तो मंटू ने उसके पिछवाड़े पर डंडा सटाया और 'सटाक्' की आवाज़ के साथ एक लगाया। कप्तान ने दोनों हाथों से चोट को सहलाने की कोशिश में मुँह बनाया और अपनी साइकिल की तरफ़ जाने लगा। "और चाचा से नजरें मिलाओगे तो चूतड़ का चबूतरा बना देंगे..." मंटू ने कप्तान को कहा और फिर रवि की ओर देखकर बोला, "ये वाला ओरिजनल था!" रवि ने पीठ ठोकते हुए कहा, "चाब्बस! गर्दा कर दिए।"

तब तक तिवारी सर धोती सँभालते हुए बच्चों के पीछे दौड़कर रुकने कहने लगे लेकिन कहाँ दौड़ पाते, थककर बैठ गए। विपक्षी टीम के सारे लड़के अपनी-अपनी साइकिल उठाए भाग गए। ख़ाली कप्तान बचा था, वह भी किसी तरह बचकर दूसरे की ही चलती साइकिल पर पीछे बैठकर भागने लगा। तब तक मंटू ने एक विकेट खींचकर उसकी साइकिल की तरफ फेंका। उससे बचने के चक्कर में कप्तान हिला और साइकिल का बैलेंस गड़बड़ हुआ जिससे दोनों गिर गए। अब कप्तान ने साइकिल उठाई और दोस्त को पीछे छोड़कर भाग गया। उसके दोस्त को लगा कि अब रवि और मंटू, जो चलकर काफ़ी करीब आ गए थे, उसको धोएँगे। लेकिन रवि ने उसको कप्तान की साइकिल मँगवा कर दे दी और कहा, "गाँव के लड़कों को कहना तमीज से रहें नहीं तो घुस

के धोएँगे...'' लड़के ने साइकिल ली और बैठने लगा। ''रे छौरा, मारेंगे लोल पर, चढ़ जाएगा पोल पर...'' मंटू ने अपनी अदा में हड़काया।

तभी मंजरी आगे बढ़ी और बोली, ''अरे रुको तो जरा, ये कप्तान साहब की साइकिल है ?'' लड़के ने हाँ में सर हिलाया तो मंजरी ने रवि के हाथ से विकेट लेकर उसके स्पोक्स में डाला और दस बारह स्पोक्स तोड़ दिए, ''ये कप्तान साहब को हमारी तरफ से तोहफा है, फ्री में दे रहे हैं ये कलाकारी फिलहाल। पैसे लेने आएँगे किसी दिन। चल भाग यहाँ से...''

लड़के ने साइकिल देखी और फिर किसी तरह बिना बैठे ही डर के मारे घसीटते हुए भागा वहाँ से। मंटू ने रवि की तरफ़ देखा और दोनों ने मंजरी की तरफ़, फिर तीनों मुस्कुरा बैठे।

शाम को मंटू रवि के घर आया और 'चाची जी प्रणाम' कहते हुए बैठ गया।

''क्या रे मंटू, आज स्कूल में लड़ाई झगड़ा किए हो तुम लोग ? मास्टरजी एक दिन गाँव से बाहर जाते हैं तो तुम लोग ये सब करते हो ?'' माताजी ने ग़ुस्सा दिखाते हुए कहा और मंटू को खाने के लिए कुछ दिया, ''अब तुम उन लोगों को मारे हो, कल वो तुम लोगों को मारेगा।''

''अरे तुम समझती नहीं हो मैया, ऊ बैमानी कर रहा था। बारह खिलाड़ी से खेल रहा था, हम आउट नहीं थे, और तिवारी माट्साब बकलोल जैसे देख रहे थे ! उनको कहना चाहिए था कि गलत हो रहा है। और तुमको पता है, उ लड़की लोग को देखकर उलटा-सीधा इशारा कर रहा था ! हमको तो गुस्सा पहले से ही था, लेकिन बैमानी किया तो धीरज टूट गया और फिर धो दिए...''

''तऽ बारह खिलाड़ी से काहे नहीं खेलेगा ? उसके पास जितना है उतना खिलाड़ी से खेलेगा, तुम भी तेरह से खेलते। इसमें बैमानी कहाँ हुआ ?''

''अरे चाची ! नीयम है ना ! नीयम कहता है कि दोनों तरफ ग्यारह-ग्यारह खिलाड़ी ही खेल सकते हैं। बारह खेलेगा तो गलत बात है।और उसके गाँव का लड़का लोग टीशन पढ़ने वाली लड़कियों को भी उल्टा-सीधा बात कहता रहता है।'' मंटू ने बात को साफ़ किया।

''अच्छा ठीक है। जाओ अब और चौक पर से सब्जी ले आना और आठ

आना का कुछ खा लेना।'' माताजी ने रवि को झोला और पैसा दिया। दोनों ने रवि की साइकिल उठाई और बाहर आ गए।

***

उसके कुछ दिन बाद मंजरी और उसकी एक दोस्त चार बजे के क़रीब ट्यूशन पढ़ने निकले। रास्ता दूसरे गाँव से होकर जाता था। धूप तेज़ थी तो दोनों ने छाता लगा रखा था। एक पान की दुकान के सामने से क्रॉस करते हुए जब दोनों आगे निकले तो दुकान के सामने खड़े एक लड़के ने रुमाल उसके दोस्त के छाते पर फेंक दिया। उसे ये करते मंजरी ने नहीं देखा लेकिन उसकी दोस्त ने देखा और बताया नहीं। जब दोनों थोड़ी दूर निकल गए तो मंजरी को उसने डरते हुए ये बात बताई।

"अरे वहीं बताते ना! चल चल जरा देखूँ कौन हरामखोर है!" मंजरी काफी गुस्से में थी और अपने दोस्त को लगभग घसीटकर वापस की और मोड़ा!

"अरे ट्यूशन का टाइम हो रहा है, चल न लेट हो जाएँगे। आते वक्त भी तो पान का दुकान वहीं रहेगा। फिर चलेंगे," दोस्त ने किसी तरह बात टालने की कोशिश की लेकिन मंजरी ने ठान लिया था कि इसका बदला तो लेना ही है।

ट्यूशन के बाद लौटते वक़्त मंजरी 'आशिकी पान भण्डार' के पास पहुँच कर रुक गई। पान वाले ने समझा कि लड़की ख़ुद ही आ गई चलकर, उसने बड़े ही मज़े लेने वाले अंदाज़ में कहा, "और ट्यूशन में क्या पढ़ा आज?"

"बताती हूँ," कहकर मंजरी ने सीधे उछलकर उसका कॉलर पकड़ा और उसे नीचे उतार लिया, "ओए, चप्पल दे अपनी जरा..."

"हमने क्या किया है? हमको कहे मार रही हो?" पान भण्डार वाले की सारी आशिक़ी निकल गई।

"रुमाल किस हरामजादे ने फेंका था? घंटे भर पहले," कहते हुए मंजरी ने एक चप्पल जड़ दिया, "चल चल, बता जरा कौन इतना बड़ा हरामी है जो आते-जाते लड़कियों पर रुमाल और चिट्ठी फेंकता है? चिट्ठी लेने वाली होगी कोई और, हम चिठ्ठी और चिट्ठी देने वाले दोनों को फाड़ देते हैं। बता,

बता कौन था?'' मंजरी ने दहाड़ते हुए एक और चप्पल मारा।

''अरे हम तो पान बेचते हैं वो सुधंसुआ था। हम तो पान...''

''तुम्हारी माँ का पान! पान बेचता है तो अभी ट्यूशन में क्या पढ़ा काहे पूछ रहे थे? हमारे बाप हो की भाई?'' मंजरी ने एक चप्पल और मारा।

''हम भाई हैं, हमको माफ कर दो। वो सुधांशु ये सब करता रहता है।'' पान वाले ने हार मान ली।

''तो मेरे प्यारे भाई बता दो न कहाँ रहते हैं जमाने के सबसे बड़े दिलफेंक आशिक... सुधांशु बाबू...'' मज़े लेते हुए मंजरी ने पूछा और उसको घसीटने लगी। वह किसी तरह खड़ा हुआ लेकिन मंजरी ने उसका कॉलर पकड़ रखा था और छोड़ने के मूड में नहीं थी।

''इस तरफ... इधर है उसका घर,'' उसने बताया तो मंजरी उसको वैसे ही पकड़े हुए वहाँ तक ले गई। उसकी दोस्त इन सबसे डरी और घबराई-सी थी, ''मंजरी छोड़ न, पापा से कह देंगे। चल न! हो तो गया।''

''चुप कर डरपोक। रुमाल तुम पर फेंका की पापा पर? तो जवाब कौन देगा,'' मंजरी ने आँख दिखाया तो वह चुप हो गई, ''कहाँ हैं गाँव के सबसे बड़े आशिक सुधांशु बाबू? अरे बाहर आइए आपकी प्रेमिका आपसे कुछ अर्ज करने आई है... अरे शर्माइए मत। आपके रुमाल का जवाब लेकर आए हैं।''

उसके इस तरह से चिल्लाने से गाँव के दो बड़े बुज़ुर्ग जो पेड़ के पास चबूतरे पर बैठे थे उठकर आ गए। तब तक सुधांशु अपने घर से निकला। उसे देखते ही मंजरी ने दोस्त की तऱफ देखा और समझ गई की यही है। पान वाले को छोड़कर सीधा उसकी तऱफ दौड़ी और ऐसे झपटी कि वह दीवार पर टिक गया। उसके बाद ताबड़तोड़ चप्पल की बारिश करती हुई मंजरी पिल पड़ी, ''आशिकी और बची हो तो बताना हरामखोर। जब-जब मन हो तब-तब बताना, निकाल देंगे। ठीक है?''

''और मारो इनको, गाँव का माहौल खराब कर रखा है। पहले सब कुछ ठीक था। ये नए-नए जवान हुए हैं और इनके कारण किसी दिन बड़ा झगड़ा होगा,'' कहते हुए बुज़ुर्ग आए और उन्होंने भी दो थप्पड़ लगाया।

''बाबा सम्हालिए इन आशिकों को। हमारे गाँव के लड़कों को पता चल गया तो बात बहुत बढ़ जाएगी। रास्ते चलती लड़कियों पर रुमाल और

चिट्ठियाँ फेंकते हैं,'' जाते-जाते मंजरी ने चप्पल दोस्त को देने से पहले एक बार सुधांशु की तरफ़ ताना तो उसने चेहरे को हाथों से छुपा लिया, ''याद रखना इस आशिकी के जवाब को।''

***

रवि ने डायलॉगबाज़ी के बाद अब पूरी तरह से अपना हुलिया भी अजय देवगन जैसा बना लिया था। अभी तक सिर्फ़ कपड़े वैसे थे, लेकिन बाल बढ़ने में देर हो रही थी। अब बाल बढ़ाकर अजय देवगन जैसा कर लिया था और शर्ट ऐसे पहनता था कि रंगीन गंजी भीतर से नज़र आती थी। बटन अब एक की जगह दो खुल गए थे। गाना गुनगुनाता रहता था। मंजरी की बैंच के सामने से बाल को अजय देवगन की तरह झटकते हुए, गर्दन एक तरफ़ झुकाए हुए, रवि जब भी निकलता था तो मंजरी उसे देखकर मुस्कुराती ज़रूर थी। इस मुस्कुराहट का जवाब वह हमेशा एक ही गाना गाकर देता था, ''धीरे-धीरे प्यार को बढ़ाना है, हद से गुजर जाना है।'' आज उसने एक लाइन और जोड़ दी, ''शाम को हाट पर आना है, हद से गुजर जाना है...''

रवि यही गाते हुए निकल रहा था कि सामने तिवारी मास्टर साहब आ गए, ''हम हद से गुजर गए न त सब हीरोगीरी निकल जाएगा, चलो क्लास में! पगला गया है छौरा सब इ सिनेमा के चक्कर में... mad childs''

रवि भागा क्लास की तरफ़ और मास्टर साहब बाहर फ़ील्ड में एक लड़के को गेंद खेलता देखे। उन लोगों की खेल की घंटी थी। एक लड़की गेट से बाहर जा रही थी तो तिवारी जी ने लड़के को आवाज़ दी कि वो लड़की को बुला लाए, ''ऐ... Play boy ? Call girl... बुलाओ उसको, कहाँ जा रही है।''

दूर बरामदे में खड़े पाठक सर ने अँग्रेज़ी सुनकर अपना सर पीट लिया।

''अबे पता चला, मंजरी ने सुधंसुआ को चप्पल से धो दिया?'' मंटू ने रवि से क्लास में बताया। दोनों खुसफुसा रहे थे। रवि ने धीरे से पूछा, ''काहे?''

''सुधंसुआ रुमाल फेंक दिया उसके छाता पर, आशिकी पान भण्डार के सामने... आशिकी वाला को भी सुने हैं पड़ा है दो-चार चप्पल...'' मंटू बोल

ही रहा था कि रवि उठने लगा, "चल तो रे, आज बताते हैं।"

मंटू ने खींचकर बैठा लिया, "पगला गए हो क्या, किलास छोड़ के जाओगे बाबूजी से चप्पल तुम ही खा जाओगे!"

"क्या हो रहा है उधर?" माटसाब ने रवि को उठते-बैठते देखा तो पूछा। "जी वो हमको दो मिनट लगा था, तो इधर से निकलना था तो इसको उठा दिए," मंटू ने दोस्त के बचाव में कहा।

"फिर क्या हुआ? बाहर जाना है या यहीं करोगे?" मास्टर साहब ने कहा तो क्लास के बच्चे हँसने लगे। "जी अब दाब लिए," मंटू ने हँसते हुए कहा तो पूरा क्लास ठहाके मार के हँस पड़ा।

घंटी ख़त्म हुई तो दोनों बाहर निकले और मंजरी, जो खिड़की के पास ही बैठी थी हमेशा की तरह, की तरफ़ आए। रवि ने इशारे से उसे बाहर बुलाया। मंजरी मुस्कुराती हुई बाहर आ गई, "क्या हुआ हीरो? आज तो बाहर ही बुला लिए, बड़े हिम्मतवाले हो गए हो!" उसके इस तरह पूछने पर रवि गंभीर चेहरा बनाते हुए बोला, "कल साला सुधंसुआ क्या किया था?" "उसको तो हम खुद ही निपटा दिए, अपनी लड़ाई हम खुद लड़ते हैं जानी! अपनी माँ से गर्म पानी से सिंकाई करा रहा होगा हरामजादा... बहुत मजा आया, बड़े दिन के बाद किसी को धोया है। चलो तुम पढ़ाई करो क्लास में।" मंजरी क्लास के अंदर गई। ये दोनों बाहर की तरफ़ जा रहे थे बात करते हुए।

"कर आए की सुटुकले है अभी तक?" पिछली घंटी वाले मास्टर साहब सामने से आ रहे थे तो मज़ाक़ में पूछ दिया। "नै सर, बढ़िया से कर लिए। अब तीन घंटी नहीं लगना है," मंटू ने दाँत निकालते हुए कहा और दोनों क्लास में घुस गए।

शाम को रवि गाँव में लगने वाले हाट पर गया और उस दुकान पर पहुँचा जो फ़िल्मों के पोस्टर आदि बेचता था। उसकी दुकान लड़कियों के शृंगार की वस्तुएँ बेचने वाले दुकान के बग़ल में था। रवि हाट में पोस्टरों के पास बेठकर अजय देवगन का पोस्टर छाँटने लगा। वह बहुत ही तल्लीनता से पोस्टर छाँट रहा था कि मंटू ने लात मारी। रवि ने मंटू को खीजकर कहा, "आय बरगाही! अरे छाँटने दोगे कि..." कि तभी उसकी नज़र बालियाँ चुनती हुई मंजरी पर

गई, "ओह! ऐसे... हमको तो लाल वाला सही लग रहा है, क्यों मंटू?"

रवि जब यह बोल रहा था तो उसके हाथ में एक पोस्टर था जिसमें लाल रंग का शर्ट पहने अजय देवगन था। मंजरी के हाथ तब तक लाल रंग की क्रिस्टल वाले टॉप्स के जोड़े पर पड़े। रवि ऐसे दिखाने लगा मानो एकदम पोस्टर के बारे में ही कहा हो। मंटू ज़ोर से, मंजरी को सुनाते हुए, बोल पड़ा, "अरे लाल रंग में जो लगता है, क्या कहें क्या लगता है। ललका कलर सबसे मस्त, एकदम से दूर से दिखता है! साँवला रंग पर तो बहुते बढ़िया लगता है। अजय्या देबगन पहना है फूल और काँटे में लाल शर्ट। क्या लगता है!"

इस बात का असर ये हुआ कि मंजरी ने मुस्कुराते हुए दुकानदार से कहा, "ई लाल वाला ही दे दो जब इतना लाल-लाल कह रहे हैं लोग!"

"अरे हम तो अजय देबगन के बारे में बोले थे!" मंटू बोला तो मंजरी चहक के बोल पड़ी, "मंटू जी, हम भी अजय देबगन के बारे में ही बोल रहे हैं। ले लीजिए न लाल रंग वाला पोस्टर, इतना पसंद है तो। पैसा नहीं है तो हम दे देते हैं!"

"और आपके लाल टॉप्स का पैसा हम दे देते हैं, हिसाब बराबर हो जाएगा..." रवि ने कहा।

"रवि जी, कुछ हिसाब बराबर न किए जाएँ तो अच्छा रहता है। वसूल लेंगे आपसे अगली बार, किसी और जगह।" कहते हुए मंजरी ने पोस्टर के पैसे पोस्टर वाले को और अपने कान के टॉप्स के पैसे दुकानदार को दिए और चली गई।

***

स्कूल के प्रांगण में एक पेड़ के नीचे कुर्सी लगाकर मास्टरजी और पाठक सर बैठे हुए थे। दो बच्चे टेबल लेकर दौड़ते हुए आए और वहाँ लगा दिया।

मास्टरजी ने कहा, ''दोनों सेक्शन आ गया?''

''जी मास्टरजी,'' सारे बच्चों ने कहा।

''मॉनीटर साहब आइए और अपनी-अपनी कक्षा के बच्चों को उत्तर पुस्तिकाएँ बाँट दीजिए। आप लोग अपने उत्तर देखिए ठीक से। जहाँ आपको समस्या है, वहाँ हमसे या पाठक सर से पूछ लीजिए,'' मास्टरजी ने कहा। मॉनीटर आया और उसने सारी कॉपियाँ बाँट दी।

''अब ये बताइए कि कितनों के कॉपी पर 'शाबाश' लिखा हुआ है?'' मास्टरजी ने पूछा तो सात-आठ बच्चों ने हाथ उठाए, ''आप लोग अपने-अपने अंक बताइए।''

किसी ने तीन, किसी ने दो, किसी ने चार अंक बतलाए। तब उनमें से एक बोल पड़ा, ''मास्टरजी, ये तो फेल नंबर है, इसपर शाबाश क्यों लिख दिए?''

''सही सवाल, आपको मिलता है एक हजार का इनाम!'' मास्टरजी ने अमिताभ बच्चन की नक़ल उतारकर कहा तो सब हँसने लगे, ''मैंने आपको शाबाशी इसलिए दी है क्योंकि आपने दो सवाल तो सही किए? आपने आठ सवाल गलत किए, आप सीखने आए हैं, इसमें गलतियाँ होंगी लेकिन गलतियों से हारना नहीं है। जिंदगी में अच्छी चीजें याद रखिए, ये आपको बेहतर करने को प्रेरित करेंगी।''

सब बच्चे ग़ौर से सुन रहे थे। पाठक सर मास्टरजी को देख रहे थे, ''अब आपलोग ये बताइए कि अगली बार भी शाबाशी लेना चाहेंगे या मेहनत करेंगे और ज्यादा अंक लाएँगे?''

''मेहनत करेंगे और दस में दस लाएँगे,'' एक ने कहा।

''सब लोग ठीक से कॉपी देख लीजिए। जिनको कम आया है, वो अपने

साथी की कॉपी देखिए कि उसको ज्यादा क्यों है। फिर भी समझ में न आए तो यहाँ आकर पूछ लीजिए,'' पाठक सर ने कहा।

सब बच्चे फिर कॉपी मिलाने में व्यस्त हो गए। तब पाठक सर ने धीरे से मास्टरजी से पूछा, ''लेकिन बिबेकी बाबू, इससे बच्चा तो डरेगा ही नहीं कि फेल हो सकता है?''

''देखिए पाठक सर, मेरे अनुभव में मैंने ये देखा है कि बच्चे प्रोत्साहन से ज्यादा आगे बढ़ते हैं। आप उनको सही रास्ता दिखा दीजिएगा तो वो खुद ही अगले रास्ते खोजेगा, लेकिन आपने उसके रास्ता पूछने पर डाँट दिया तो वो वहीं रुक जाएगा,'' मास्टरजी ने समझाया, ''ये बच्चे हैं, सीखने आए हैं। इनका काम है गलत होना, गिरना, सँभलना... सख्त हाथों से मिट्टी का लोंदा सुराही नहीं बनता, उसको नर्म उँगलियों की कोमल छुअन आकार देती है।''

फिर मास्टरजी बच्चों से बोलने लगे, ''अच्छा, कॉपी तो पास ही रखिए, और कल से छुट्टी है छठ की। तो आपलोग से आशा है कि थोड़ा श्रमदान कीजिए, और गाँव को और घाट को थोड़ा साफ कर दीजिए। ठीक है? चलिए घर जाइए,'' मास्टरजी ने कहा।

''मास्टरजी, हम घंटी बजा दें छुट्टी का?'' एक बच्चे ने पूछा।

''हाँ, समय हो ही गया है, बजा दीजिए,'' मास्टरजी ने कहा तो वह बच्चा बिजली की फुर्ती से घंटी के पास पहुँचा और बजा दिया।

दुर्गापूजा और दीवाली के साथ ही त्योहारों के समय में बिहार का सबसे बड़ा त्योहार छठ आ चुका था। इसकी तैयारी दीवाली के बाद से ही शुरू हो जाती है। पूरा गाँव में छठ के माहौल में व्यस्त और आनंदमय था। छतों पर लोग गेहूँ सुखा रहे थे। हर छत पर दो-तीन बच्चे लकड़ी लेकर पक्षियों को उड़ाने के लिए बैठे हुए दिख रहे थे। रवि और मंटू अपने छत पर बैठे कौए, कबूतर आदि से छठ वाले गेहूँ की रक्षा में लगे हुए थे।

''अच्छा ई बताओ चाची, ये हर साल आप और गाँव की सब माता लोग हमसे चिड़िया काहे उड़ावाती हो?'' मंटू ने रेलिंग पर जाकर नीचे रवि की माताजी से ज़ोर से कहा तो माताजी ने जवाब दिया, ''अरे छठि मैया पर शुद्ध चीज चढ़ता है ना। अब चिड़िया बीट कर देगा या जुठा देगा तो देवता-पित्तर

पर कैसे चढ़ेगा। उसमें भी छठ में! इसमें तो सबसे ज्यादा सावधानी रखना पड़ता है। इसमें तो सबसे बड़े देवता, सूर्य भगवान और उनकी पत्नी छठि मैया, को अर्घ्य पड़ता है जो हम सबको दिखते हैं। हमारा पालन पोषण करते हैं।''

''औ! ये बात है! तब ठीक बात है। ठकुआ-पकमान सब कब बनेगा? मम्मी बोली कि इस बार आप ही के घर में बनाएगी,'' मंटू ने पूछा तो रवि ज़ोर से बोला, ''देखो इसको! दिन भर खाली ठकुआ-लडुआ के चक्कर में रहता है।''

''पहले सुखाओ तो इसको, तब जाता में दरर के आँटा बनाएँगे, और फिर उससे ठकुआ-पकमान बनेगा, वो देखो कौआ आया...'' माताजी ने कहा तो मंटू अपना लकड़ी लेकर 'हट-हट' करने लगा।

''ओए मंटू? मंजरी आएगी छठ करने घाट पर?'' रवि ने धीरे से पूछा तो मंटू ने कहा, ''अरे बिल्कुल आएगी। पूरा गाँव आता है। नहीं आएगी तो ले आएँगे। अपना लोग जहाँ छठ करेंगे वहीं छेंक लेंगे जगह, टेंसन मत लो।''

शाम का वक़्त था। गाँव के ही कुछ लोग, स्कूल के बच्चों के साथ सड़क को साफ़ कर रहे थे जहाँ से 'कष्ट लेने' वाले लोग सूर्य को प्रणाम करते हुए दंड देते हुए गुज़रने वाले थे। बच्चे बहुत उत्साह से सफ़ाई में लगे हुए थे। एक बच्चे ने आने वाले एक बुजुर्ग को प्रणाम किया, ''परनाम बाबा'', तो बाबा ने आशीर्वाद दिया, ''बेटा बहुत पुण्य का काम कर रहे हो। छठि मैया तुमको खूब बढ़िया जीवन दें, निरोग रहो।''

दूर लाउडस्पीकर में 'मारबौ रे सुगबा धनुस से, सुगबा गिरि मुरझाए' गाना शारदा सिन्हा की आवाज़ में बज रहा था। ये माहौल पूरे बिहार के हर गाँव का होता है। शारदा सिन्हा के गीत बिहार के छठ पर्व का पर्याय हैं। एक आदमी साफ़ किए हुए कच्चे रास्ते पर पानी छिड़क रहा था ताकि 'कष्ट लेने वाले' लोगों को कम कठिनाई हो।

'कष्ट लेने वाले' लोग वे होते हैं जिनपर कोई बहुत बड़ी परेशानी, कोई बीमारी या ऐसी विपदा आई कि उनके घर के, या गाँव के किसी व्यक्ति ने छठि मैया से यह विनती कर दी कि अगर ये बला टल गई तो वो इतने साल तक कष्ट लेगा/लेगी। कष्ट लेने की प्रक्रिया यूँ तो आसान जान पड़ती है, लेकिन

होती नहीं। 'कष्ट लेने वाले' मर्द अर्धनग्न शरीर में, सूर्य को प्रणाम करते हुए, अपने पूरे शरीर के साथ, साष्टांग ज़मीन पर लेटते हैं और हाथ में पकड़े हुए चाक़ू, या कील से, एक लाइन खींचते हैं। इस लाइन का मतलब है कि वहाँ तक की दूरी तय हो चुकी है। फिर उस लाइन पर खड़े होकर, सूर्य को प्रणाम करते हुए वही प्रक्रिया दोहराते हैं। ये प्रक्रिया उनके घर से छठ के घाट तक चलती है। ये कार्य बहुत ही दुष्कर होता है।

पर्व के माहौल में कुछ बच्चे नए कपड़े पहनकर घूम रहे थे। साँध्य अर्घ्य का वक़्त था। थोड़ी देर में माथे पर टोकरी में अर्घ्य का सामान लिए मंटू रवि के घर के सामने से निकला। "अरे रुक, रुक, रुक..." रवि ने मंटू को रुकने कहा और माँ को आवाज़ दी, "जल्दी करो न माँ, मंटुआ खड़ा है बाहर। साथ चलेंगे सब लोग।" तब तक मास्टरजी ने अपने हाथ से एक टोकरी उठाकर रवि के सर पर रख दिया। रवि और मंटू साथ साथ चलने लगे खेतों के बीच बने रास्ते से जो घाट तक जाता था।

घाट पर छठ को आप महसूस कर सकते हैं। घाट पर यूँ लगता है कि पूरा गाँव, जाति के बंधनों से दूर, एक ही घाट पर, गाँव की नदी या पोखर पर, साथ खड़ा होता है और अर्घ्य देता है डूबते और उगते सूरज को। यही नहीं, सब लोग अपने परिवार के छठ की डोली आदि के सामने जल का, दूध का अर्घ्य तो देते ही हैं, बग़ल वाले में भी देकर छठि मैया का आशीर्वाद लेते हैं।

रवि के गाँव के घाट पर धूप और अगरबत्तियों का धुआँ हर तरफ़ था। कुछ बच्चे इतनी सर्दी में भी नदी में कूद कर तैर रहे थे। कुछ औरतें एक लाइन से कमर तक पानी में खड़ी होकर 'कष्ट ले रही' थीं। उनके हाथ प्रणाम की मुद्रा में थे, जिसमें अगरबत्तियाँ घुसी हुई थीं। शारदा सिन्हा के छठ वाले गीत लगातार सुनाई दे रहे थे। ये गीत इतने गहरे तक बिहार की संस्कृति में बसे हैं कि आप इसको साँस लेने की ही तरह महसूस नहीं कर पाते, वो बस चलता रहता है। माताजी पानी में उतर गईं और पूजा की प्रक्रिया शुरू हुई। उनके हाथ में एक सूप था, जिस पर रखा दीपक जलाया जाना था। हाथ में सूप लिए, सूर्य की तरफ़ देखती हुई, माताजी अर्पण की मुद्रा में आ गईं। रवि लोटे से दूध और पानी का अर्घ्य देने लगा। ये करते वक़्त वो इधर-उधर देख रहा था। मंजरी कहीं नज़र नहीं आती। मास्टरजी घाट से थोड़ी दूर कुछ लोगों के साथ

चर्चा कर रहे थे। मंटू भी रवि की माताजी वाले सूप के आगे जल चढ़ाते हुए यहाँ-वहाँ देखने लगा। मंजरी कही नहीं दिखी। उसके घर के लोग तो दिखे, पर मंजरी नहीं दिखी। रवि के चेहरे पर मायूसी छा गई।

अगले दिन सुबह माताजी रवि को जल्दी से उठने बोलती हुई ख़ुद पूजा के सामान को व्यवस्थित करने लगीं। "बेटा उठ जाओ जल्दी। और नहा लो। जल्दी नहाओगे तब जल्दी पूजा खत्म होगी और प्रसाद मिलेगा।"

"हमको सोने दो। कर लो पूजा जाकर। हमको नहीं नहाना एतना ठंढा में! कुकुर के मर जाएँगे।" रवि ने सोते हुए कहा।

तब तक मंटू माथे पर टोकरी लिए पहुँचा, "चाची, रबिया नहीं उठा क्या अभी तक?"

"नहीं! देखो तो जरा, नहाने से मना कर रहा है। छठ में ऐसे करता है कोई। उठा दो जाकर। पानी डाल दो देह पर एक लोटा, तब उठेगा... सबको देर कराएगा... उठता है रे रवि कि पानी लेकर आएँ?" माताजी ने सख़्त आवाज़ में कहा।

"आज मुझे दुनिया की कोई ताकत नहीं उठा सकती..." रवि ने कहा तब तक मंटू उसके पास पहुँचा और उसके कान में बोला, "अरे कल शाम गए थे उसके यहाँ, वो थोड़ा लेट हो गई थी। आज बोली है जल्दी आएगी, और अपने वाले जगह के पास ही आएगी।"

"हम दिखाएँ अपना ताकत बेटा?" माताजी ने हँसते हुए कहा।

"खाली मास्टरजी को मत बुला लेना अब! इतनी छोटी-सी बात पर घर को स्कूल बना देती हो। मुझे सिर्फ एक ही ताकत उठा सकती है, और वो है..." "मंजरी" मंटू ने मज़े लेते हुए धीरे से कहा तो रवि ने धीरे से कहा, "अरे नहीं यार," फिर उसकी आवाज़ तेज हुई, "मेरी प्यारी माँ। माँ तू कहाँ है, देख तेरा बेटा नहाने जा रहा है।" मंटू ने धीरे से फिर बोला, "हमको पता है काहे नहाने जा रहा है... नौटंकी साला! घड़ी-घड़ी ड्रामा करता रहता है..."

सब घाट पर पहुँच गए। सुबह के अर्घ्य का वक़्त आ गया था। हल्की ठंढ भी थी। थोड़े से धुँध में पेड़ के पत्तों के बीच से सूरज निकलता हुआ दिखने लगा। सब लोग सूर्य को प्रणाम करने लगे। शाम में नहाने वाले बच्चे इतनी

सुबह भी दोबारा तैर रहे थे। औरतें शाम ही की तरह कष्ट ले रही थीं। मर्द कष्ट लेते हुए, घाट तक पहुँच कर सूर्य को प्रणाम करते हुए आ-जा रहे थे। माताजी के हाथों में एक सूप था जिसका दीया उन्होंने निकाला, और सूप रवि को देकर जलाने लगी। फिर सूप लेकर सूर्य को देखते हुए रवि के जल चढ़ाने हेतु खड़ी हो गई। मास्टर जी आए और माताजी के सूप पर दूध की ढार देते हुए, बग़ल की किसी महिला के पास जाकर जल देने लगे।

रवि और मंटू, शाम ही की तरह उदासी से इधर-उधर देखते हुए बुझे मन से फिर जल डालने लगे। तभी उनके पानी की धार के बीच दूध की धार गिरनी शुरू हुई। रवि और मंटू की आँखें मिलीं प्रश्नवाचक निगाह के साथ, और मंजरी को पास देखकर रवि मुस्कुराने लगा। रवि, मंजरी के साथ पानी में चलते हुए उसकी मामी के सूप के पास चला गया। दोनों वहाँ जल से अर्घ्य देने लगे और मंटू थोड़ी दूर से मुस्कुराता हुआ अपने दोस्त की ख़ुशी में ख़ुश होकर अकेले में मुस्कुराने लगा। रवि और मंजरी छोटे बच्चों की तरह हर औरत के सामने अपने लोटे से घाट का जल उठा-उठाकर डालने लगे।

***

शाम के समय मास्टरजी और माताजी आँगन में बैठे थे। बड़ी मेहनत से अपने पति के बार-बार कहते रहने के बाद अब उनमें इतनी हिम्मत हुई थी कि वह अपने पति के साथ कुर्सी पर बैठकर चाय पी रही थी। गाँव का तो ये हाल हुआ करता था कि अव्वल तो औरतें चाय पीती ही नहीं थीं। अगर पीती हों, तो पति और सास से छुपकर रसोई में ही पी लेंगी। यह उन घर के औरतों का हाल था जिनके पति थोड़े नरम प्रवृति वाले थे और अपनी माताओं से इन सब बातों पर थोड़ी ढील की वकालत करते थे। इसके बावजूद सास, या ननद, उस महिला पर अपने तानों के तीक्ष्ण बाण किसी भी छोटी लड़ाई या नोंकझोंक में फेंक ही देतीं थीं। पति के साथ चाय पीने वाली महिला आपको खोजने से भी नहीं मिलती।

मास्टरजी औरतों के हक़ की बराबरी की बातें करते थे। इसकी शुरुआत उन्होंने घर से ही की। अपने पुराने ख़यालात की माँ को तो बदलना मुश्किल रहा, लेकिन उनके जाने के बाद से ही अपनी सहचरी को पढ़ाने से लेकर, रुढ़िवादी बातों से हमेशा बाहर लाने की कोशिश करते रहे। समाज इन बातों को इस तरह से दिमाग़ और शरीर में डाल देता है कि अच्छी बातें भी, जो तार्किक हो, उसको भी मानने में हिचक होती है। हिचक भी इस बात की कि 'लोग क्या सोचेंगे', 'ऐसा कौन करता है' आदि। मास्टरजी इस बात को बख़ूबी समझते थे कि एक झटके में किसी के भी समाज के वर्षों की कन्डिशनिंग को सिर्फ़ एक-दो दिन की बातों और तर्कों से तोड़ा नहीं जा सकता।

माताजी अब चाय पीती थीं। पहले तो अपने बेटे के द्वारा एक साथ बैठा हुआ 'पकड़े जाने' के चक्कर में बहाना मारकर रसोई में भाग जाती थीं। लेकिन मास्टरजी लगे रहे, जैसे कि वे पूरे गाँव के लिए लगे रहे। स्कूल और गाँव की फ़िक्र में उनके लिए अपने लिए वक़्त बहुत कम ही मिलता था। पूरा दिन स्कूल, फिर शाम में कोई-न-कोई किसी काम के लिए, पंचैती के लिए खींचकर ले ही जाता था। छठ के कारण आज दोनों अपने लिए समय निकाल

कर आँगन में बैठे थे और अपनी शादी के समय को याद करते हुए, अपने परिवार वालों की बातों पर दिल खोलकर हँस रहे थे।

"शादी के बाद हमलोग कहीं गए नहीं न? शिमला चलिएगा बर्फ देखने? क्या बताएँ कितना बेहतरीन दृश्य होता है!" मास्टरजी ने अपने कॉलेज के समय की याद करते हुए पूछा। वो एक बार शिमला जा चुके थे बीए के दौरान।

"अरे! ई सब ठीक थोड़े लगता है! बुढ़ारी में घीढारी नहीं करना है हमको। गाँव में सब कहेगा कि बेटा जुआन हो रहा है, और दोनों बूढ़ा-बूढ़ी को शिमला दिख रहा है।"

"ये क्या बात हुई? अरे हम कौन-सा बूढ़े हो गए हैं। बेटा जुआन हो गया तो आदमी रजाई तानकर सो जाय घर में? मतलब बूढ़े लोग बाहर न घूमें? बचपन पढ़ने में गया, फिर नौकरी के चक्कर में बनारस गए, मेहनत की। गाँव में आकर स्कूल को खड़ा करने में जवानी गई। रवि को गोद में खिलाते थे, अब वो घोड़ा इतना बड़ा हो गया देखते-देखते! अपने लिए तो समय ही नहीं मिला। अब स्कूल थोड़ा ठीक है, बाकी के शिक्षक भी अच्छे हैं। तो कुछ दिन तो घूमने जाया जा ही सकता है। और हम कौन-सा कह रहे हैं कि कल ही चलिए। सोचते रहिए, आपकी इच्छा होगी तो चलेंगे। और उधर ही बद्रीनाथ, केदारनाथ, हरिद्वार भी चल पड़ेंगे। भोला बाबा का दर्शन भी हो जाएगा।"

"सब उधरे है? केदारनाथ सब वही रास्ते में पड़ता है?"

"हाँ, सब आस-पास ही है। बर्फ गिरते देखिएगा न तो मन लग जाएगा आपका। कहिएगा कि इधरे रह जाने का मन करता है... और ये गाँव क्या सोचेगा, ये सब काहे इतना सोचती हैं। गाँव तो ये भी नहीं सोचता था कि यहाँ कि लड़की रसोई से बाहर निकलकर पढ़ने भी जाएगी। सबको मनाए कि नहीं? उमाशंकर को बेटा नहीं है, उसका सब काम कौन करता है? उसकी बेटी को देखते हैं न गेहूँ भी चक्की पर ले जाती है, और पढ़ने भी आती है जैसे सब लड़का करता है। देखिएगा एक समय आएगा जब इस गाँव की लड़की जीडी कॉलेज भी जाएगी, बेगूसराय बजार भी जाएगी ट्यूशन करने, और आगे की पढ़ाई करने दिल्ली भी। मेरा गाँव वैसा बनेगा। और आप हैं कि चाय पीने में लजाती हैं।"

"वो बात तो सही है," माताजी ने चाय का कप मास्टरजी के हाथ से लेते हुए कहा।

"तो शिमला का प्लान पक्का है न? मतलब केदारनाथ का?" मास्टरजी ने माताजी को तेज़ आवाज़ में हँसते हुए पूछा।

"प्रणाम बिबेकी चा, किस को शिमला ले जा रहे हैं?" सिकंदर सड़क पर से बोलते हुए मुख्य दरवाज़े से आँगन में दाख़िल हुआ, "चाची प्रणाम!"

"अरे सिकंदर बेटा! खुश रहो। आओ-आओ। चाची को पूछ रहे थे कि मन हैं तो चल लिया जाएगा... माताजी कैसी हैं तुम्हारी? चाय पीओगे?" मास्टरजी ने बैठने के लिए कहा।

"सब ठीक है चचा। छठ-वठ बढ़िया से निपट गया। चाची? पूरा जिंदगी रानीपुर में ही बिता दोगी क्या? बाहर घूमिए, थोड़ा देखिए कि दुनिया कैसी है। बर्फ गिरते देखिएगा न तब पता चलेगा कि भोले बाबा कैलाश और केदारनाथ में ही क्यों रहते हैं। स्वर्ग है चाची... देखकर ही आत्मा तृप्त हो जाएगी।" सिकंदर ने माताजी से कहा।

तब तक माताजी छठ का कुछ प्रसाद निकालकर लेती आईं, "मम्मी ठीक हैं? एक दिन जाकर भेंट ही कर आते हैं, बहुत दिन हो गया है। ये खाओ। तुम्हारा कोचिंग ठीक चल रहा है? रवि बता रहा था कि भैया के यहाँ अब भीड़ बढ़ रहा है।"

"हाँ चाची, आशीर्वाद दीजिए। हम तो वही कर रहे हैं जो चाचा इतना साल से किए। धीरे-धीरे बच्चा लोग आ रहा है ठीक-ठाक। अब तो पाँच-पाँच बैच लेना पड़ रहा है। इस साल बिबेकी चा, एक-दो आईआईटी जाने लायक बच्चा है। वो भी गरीब बच्चों वाले बैच से।"

"अरे वाह! इससे बढ़िया क्या बात होगी। ये तो बड़ी अच्छी खबर सुनाए। आईआईटी कितनी बड़ी बात है आपको पता है जी! दस-दस गाँव में एक बच्चा नहीं मिलता। वाह! दिल खुश कर दिए। किसी भी चीज की जरूरत हो, कभी भी मत हिचकना बेटा। मेरे लिए जैसा रवि, वैसे तुम। तुमको देखते हैं तो छाती फूल जाती है कि ये मेरे गाँव का बच्चा है।" मास्टरजी लगभग रुआँसे हो गए थे ख़ुशी से कि कोई उनकी कोशिश में अपनी कोशिश भी शामिल कर रहा है।

''सब आप ही की देन है। आपने गाँव की सोच बदल दी। धीरे-धीरे सब बदल जाएगा। लोगों को आपकी बात देर से समझ में आती है क्योंकि आप यहाँ के समय से बीस साल आगे हैं। ...चाची? आप तो शिमला हो ही आइए!'' सिकंदर ने माताजी से कहा जो वापस रसोई में चली गई थीं।

''ठीक है! चले जाएँगे। सबका सुइया शिमला पर ही अटक गया है।''

यह बातचीत हो ही रही थी कि मंजरी उसी दरवाज़े से आई। मास्टरजी और सिकंदर को देखकर टोकरी एक किनारे रखकर पैर छूकर ऐसे बोली कि माताजी सुन सकें, ''मामी ने छठ का प्रसाद भेजा है।''

मास्टरजी ने उसके सिर पर हाथ रखा, ''खुश रहिए। आज दिन भर प्रसाद ही खा रहे हैं। मामी-मामू सब ठीक?'' मंजरी ने हाँ में सर हिलाया।

''बिबेकी चा, हम चलते हैं। चाची, आप आइएगा जरूर घर पर, माँ को बोल देंगे।'' सिकंदर जाने लगा तो मास्टरजी भी साथ हो गए, ''हम भी चलते हैं। सुनिए जी, आते हैं थोड़ी देर में... चलो भाई।''

माताजी जब बाहर आईं तो मंजरी ने पैर छुए, ''मामी ने कहा कि मास्टरजी के घर प्रसाद दे आओ।''

''अरे वाह! शाम तो हो ही गई है, उनको भी साथ लेते आती। दिन में न आने में दिक्कत है...'' माताजी ने उसे बिठाते हुए कहा और हाथ से टोकरी ले ली। मास्टरजी कहीं बाहर चले गए।

''क्या-क्या लाई हो?'' रवि बाहर से आया और आते ही टोकरी में हाथ डालने की कोशिश की तो मंजरी ने हाथ पर एक हल्का-सा थप्पड़ मारा और बोली, ''हाथ तो पहले धो लो जाकर! चाची ई एक नंबर का पापी है। ई और मंटू दिन भर इधर-उधर घूमता रहता है और फिर उसी हाथ से देखिए छठि मैया का प्रसाद छू रहा है। पाप लिखेगा तुमको...''

''ये पाप लिखता कौन है? हम उसको बचपन से ढूँढ रहे हैं,'' मंटू ने हँसते हुए कहा। मंटू भी रवि के साथ खेलने के बाद लौटा था। दोनों के हाथ गंदे थे और धूल लगी हुई थी। ''तुम यहाँ मत दो खाने, तुम्हारी मामी से जाकर माँग लेंगे। वो तो मना नहीं करती।''

''लो हम हाथ धोकर आ गए, अब तो खिला दो?'' रवि ने वापस आकर तौलिए से हाथ पोंछते हुए कहा। उसके बाद रवि ने आँगन में बैठकर प्रसाद में

से अपने पसंद की चीज़ें छाँटकर निकाल ली। मंटू भी उसी में से लेकर खाने लगा। तब तक माताजी ने उसी टोकरी में अपने घर का प्रसाद दिया और मंजरी से बोलीं, "ये लो, ये तुम्हारे लिए। और मामी से कहना कि हमने बुलाया है। और तुम भी आती जाती रहा करो। तुमको तो कोई रोक नहीं है। हमारा तो ससुराल है, तुम्हारा तो घर है।"

"हाँ, तुम रोज आया करो और ऐसे ही नारंगी लेकर आया करो। मामी को कहना कल जो है, सेव भेजें, हरा वाला," रवि ने कहा तो मंजरी ने जवाब दिया, "कल मामी को ही भेज देते हैं। सेव, नारंगी, साँच, पकवान जो-जो चाहिए होगा लिस्ट बनाकर दे देना।" फिर उसने माताजी की तरफ़ देखते हुए नटखट मुस्कान के साथ कहा, "ई दोनों न चाची, एकदम निर्लज्ज हैं। कोई ऐसे माँगता है सेव-नारंगी? लोग कहेंगे कि खाने को नहीं मिलता!"

"हमारे ही घर में हमारी ही बेइज्जती हो रही है माते! और तुम इसी के पक्ष में मुस्कुरा रही हो? कहाँ गया तुम्हारा पुत्रमोह?" रवि ने महाभारत वाले अंदाज़ में बोला तो सब हँस पड़े। मंजरी ने टोकरी उठाई और जाने लगी। "हम इसको घर छोड़कर आते हैं माँ," रवि ने बोला और मंजरी के साथ निकल गया।

हल्के से धुँधलके में मंजरी और रवि साथ-साथ चल रहे थे। सड़क पर इक्के-दुक्के लोग दिख रहे थे। "तुम आजकल मिलती क्यों नहीं? लाओ ये टोकरी हमें दे दो," रवि ने कहा। "अरे! मतलब बहाना मारकर तुम्हारे घर में घुस आए और कहते हो कि मिलती क्यों नहीं! खुद डरपोक टाइप चिट्ठी भी मंटू से भिजवाने हो कि पिटे भी तो वो और हमको कहते हो कि मिलती नहीं! मामी को मास्टरजी के नाम पर मनाए तब जाकर आने दी। तुमको पता भी है कि आजकल बाहर निकलना कितना मुश्किल है?"

रवि ने कहा, "सब पता है! लेकिन हमारे लिए अब तुम्हीं सब कुछ हो, इसके लिए बाहर क्या और अंदर क्या... हमको तो तुम जहाँ बोलोगी आएँगे। वैसे मास्टरजी हमको भी रोज ये पकरौआ बियाह और रोज-रोज का किडनैपिंग का खबर सुनाते है घर में। हमको बोलते हैं दूसरे गाँव ये शहर अकेले मत जाया करो कोई उठा के ले जाएगा और पकरौआ बियाह करा देगा।"

''तुमसे कौन बियाह करेगा?'' मंजरी ने कहा।

''काहे? हमसे कोई बियाह क्यों नहीं करेगा?'' रवि ने पूछा।

''बियाह उसका होता है जो कुछ करता है। दिन भर मंटू के साथ बौखने वाले से कोई क्यों अपनी बेटी बियाहेगा? मेरी बड़ी दीदी का बियाह होने वाला है। लड़का इंजीनियर है। तुम क्या हो? मैट्रिक पास? क्या करना है जिंदगी में ये भी पता नहीं। कुछ करोगे तब तो हमारी मामी से मास्टरजी बात करेंगे।'' मंजरी बहुत ही चंचल अंदाज़ में रवि को लगभग चिढ़ाते हुए बोल रही थी। लेकिन उसकी आवाज़ में अपने प्रेम के लिए एक चिंता थी। उसके शब्द ज़रूर चुभने वाले थे लेकिन टोन से लग रहा था कि वह चाहती थी कि रवि कुछ करे, ''हमें भी तो अच्छा लगेगा न जब हम कहेंगे कि हमारी शादी इंजीनियर से, डॉक्टर से, गवर्नर से हो रही है।''

''अरे जरूर बनेंगे गवर्नर, तुम्हारे घर के आगे चर-चकबा लगा देंगे... देख लेना,'' रवि ने हँसते हुए कहा। लेकिन हँसी फीकी थी। ''प्रणाम चाची, साँझ हो गया था तो माँ ने कहा मंजरी को घर पहुँचा देने। और हाँ नारंगी बहुत मीठा था,'' रवि ने मंजरी की मामी को प्रणाम किया जो शायद मंजरी के आने की राह देख रही थी और टोकरी देते हुए कहा। ''खुश रहो। और है नारंगी, रुको एक मिनट लेकर आते हैं।'' मामी ने टोकरी हाथ में लेते हुए कहा।

''मामी, इसको परकाओ मत, नै त रोज आ जाएगा नारंगी खाने'' मंजरी ने कहा, ''अब जाओ। डर लगता है तो बोलो छोड़ आएँ घर?''

मामी मुस्कुराने लगी, ''अरे चला जाएगा। लड़का है।''

***

गणित की क्लास चल रही थी। आलोक सर ने बोर्ड पर एक सवाल लिखा और पूछा, ''ये कौन सिद्ध करेगा?''

श्रवण और अलख ने एक साथ हाथ खड़ा किया। तो श्रवण ने अलख से कहा, ''सब क्लास में तुम्हीं सबकुछ बताएगा? हम घास छीलने आए हैं। मैथ में हमको आप कुछ भी पूछ लीजिए सर, सब बता देंगे।''

''आप तो चाचा हैं, आप ही बता दीजिए,'' अलख ने कहा तो सब हँसने लगे। तब तक चंदन ने पीछे से अजीत का हाथ खड़ा कर दिया तो सर ने कहा, ''वाह! अजीत तुम? तुमसे बनेगा?''

''नहीं सर...'' पीछे देखते हुए अजीत ने फिर कहा, ''सर पेशाव लगा था, तो हाथ खड़ा किए।'' फिर उसने चंदन से धीरे से कहा, ''गलती बात चंदन, सहाय चा को कह देंगे।''

''फिर क्या हुआ? बाहर जाना है या यहीं करोगे?'' मास्टर साहब ने कहा तो क्लास के बच्चे हँसने लगे। ''जी अब सुटुक गया,'' अजीत ने हँसते हुए कहा तो पूरा क्लास ठहाके मार के हँस पड़ा।

''सुटुक गया तो आकर बना दो सवाल,'' सर ने अजीत को बोला तो उसने कहा, ''नहीं सर, हमारा थोड़ा कमजोर है मैथ। हिंदी-अंग्रेजी में जो पूछिए सब याद है,''

सर फिर बोले, ''गणित में हम तुमसे कहानी पूछें? गधा कहीं का, बैठो। ये सवाल तो हम इतनी बार इस बोर्ड पर बना चुके हैं कि अगर इस छप्पर का खपड़ा उतारकर रख दें तो वो भी बना देगा!''

श्रवण ने फिर हाथ खड़ा किया, ''सर हम! हम दू मिनट में बना देंगे।''

''श्रवण तुम रुक जाओ, आज कोई नया विद्यार्थी बताएगा... कौन बताएगा? मंजरी कुमारी, तुम बनाओ ये सवाल,'' सर ने कहा तो मंजरी के तोते उड़ गए। वह धीरे से खड़ी हुई और गर्दन झुकाए रही। ''खाली लोहरंगा से नाखून रंगते रहो! इससे नंबर नहीं आएगा, मेहनत करो थोड़ा। समझी कुछ?''

"सर हम पढ़ा देंगे इसको, आप चिंता मत कीजिए, यार दोस्त है, साथ पढ़कर पास हो जाएँगे। मंटुआ को जब पढ़ाकर पास करा देते हैं तो वो तो इससे ठीक ही है बाकी विषय में," श्रवण ने कहा।

"तुम पढ़ाओगे तो हम क्या करेंगे? हमारा नौकरी खाएगा क्या रे?" सर ने कहा तो सब हँसने लगे और मंजरी अपनी जगह पर बिना बोले बैठ गई।

रवि ये सब देख रहा था पर उसे मंजरी के क्लास में खड़े होने से शर्मिंदगी महसूस हो रही थी, मानो उसकी जगह इसकी बेइज़्ज़ती हो गई हो।

दो दिन के बाद शाम में मंटू और रवि मिले। "क्या हुआ भाय, इतना उदास क्यों हो?" मंटू ने पूछा। "अरे कुछ नहीं यार इ गुरु नानक जयंती का छुट्टी के चक्कर में मंजरी नहीं आई स्कूल, बहुत दिन हो गया मिले हुए।" रवि ने बोला तो मंटू बोल पड़ा, "दो दिन हुआ है, दो दिन! गौतम बुद्ध सही कहते हैं कि लड़की का चक्कर बहुत खराब होता है। बहुत ज्यादा प्यार हो गया है तो उसको खून से चिट्ठी लिख दो, खून हम दे देंगे।"

"खून तुम काहे दोगे रे? गौतम बुद्ध कबसे ये सब बोलने लगे?"

"अरे भाई! मतलब खून हम ला देंगे चौक पर से मुर्गा वाले दुकान से... ही ही ही," मंटू ने मज़े लेते हुए कहा, "सुनो एक छोटा-सा चिट्ठी लिखो। हम उसके घर की तरफ फेंककर आ जाएँगे। नाम मत लिखना, धराओगे तो लोग मारेगा कम, दौड़ाएगा ज्यादा।"

"अबे बढ़िया-बढ़िया बात बोलो। शुरू होने से पहले ही पिटवा रहे हो। शाम में मंदिर तरफ कोई नहीं रहता है, वहीं मिलना चाहिए। तुम थोड़ी देर अपने दोस्त के लिए पहरेदारी कर लोगे?" रवि ने साइकिल रोककर, बैग से कॉपी निकालते हुए कहा। फिर उसमें छोटा-सा संदेश लिखा और मंटू को दे दिया। मंटू ने साइकिल तेज़ की और मंजरी के टोले में पहुँच गया। रस्ते में एक-दो लोग मिले तो सबको प्रणाम करते हुए गया। मंजरी अपनी छत पर थी और उसने मंटू को देखा तो ज़ोर से आवाज़ लगाई, "मंटू? ऐ मंटू? आज स्कूल गए थे रे?"

"हाँ गए थे," मंटू ने साइकिल रोकते हुए कहा, "तुम काहे नहीं आई? तिवारी सर ढूँढ रहे थे।" "क्या बोल रहे थे तिवारी सर?" मंजरी ने पूछा।

"नीचे आओगी की हम लाउडस्पीकर की तरह यहीं से गला फाड़ लें? नीचे आओ तो बताते हैं," मंटू ने मंजरी को बुलाया। मंजरी दौड़ती हुई नीचे आ गई। मंटू ने उसके हाथ में एक चिट्ठी पकड़ा दी, इधर-उधर देखते हुए। "ये क्या है?" मंजरी ने बहुत ज़ोर से बोला मानो अभी भी छत पर ही हो।

"अरे पिटवाओगी क्या? धीरे बोलो। इश्क तुम दोनों का और बीच में धो दिए जाएँगे हम!" फुसफुसाते हुए मंटू ने कहा, "ये रवि ने दिया है।"

"इसमें है क्या?"

"ऐ मेरी चाची! हम क्या जानें क्या है अंदर। दूसरों की चिट्ठी हम नहीं पढ़ते। पढ़ लो, जरूरी बात होगी। और जहाँ लिखा है वहाँ आ जाना। चलते हैं।" मंटू ने साइकिल मोड़ी और चलने को हुआ।

"अरे तिवारी सर क्या बोल रहे थे?" मंजरी ने जाते हुए मंटू से पूछा।

"तिवारी सर क्या बोलेंगे, घंटा! उनका बात घोड़ा का पाद," कहते हुए वह निकल गया। अपने घर के पास वापसी की राह रवि देख रहा था। मंटू ने देखा तो आँखों-ही-आँखों में बता दिया कि काम हो गया क्योंकि वहीं रवि की माताजी खड़ी थी, "अरे मंटू बेटा, जरा रवि के साथ मील पर से आटा ले आओ।"

"अरे चाची, वो तो हम अकेले ही ले आएँगे। रवि को साइकिल निकालना पड़ेगा।," मंटू ने रवि की ओर देखकर सीट पर दो बार ज़ोर से मारते कहा, "हमारी तो बाहर निकली हुई है। ये गए, ये आए।" मंटू तेज़ी से साइकिल दौड़ाते हुए निकल गया।

शाम हो रही थी और मंजरी अपने घर से निकल चुकी थी। रवि को भी निकलना था और मंटू ने उसे इशारों में बता दिया था कि वह साइकिल से पहुँच जाएगा। रवि गाँव के दूसरे छोर पर वाले मंदिर की ओर निकल गया। थोड़ी ही देर में मंटू साइकिल चलाते हुए रास्ते में रवि को मिला और वह चलती साइकिल पर कूदकर पीछे बैठ गया। दोनों मंदिर की सीढ़ियों पर बैठे हुए थे तभी मंजरी साँझ का दिया लेकर पास आती दिखी। चूँकि देर हो चुकी थी तो बहुत कम लोग आ जा रहे थे। मंजरी के आते ही मंटू ने पूजा की थाली ले ली और कहा, "लाइए इसको, हम साँझ दे आते हैं?"

''अच्छा! घर में भी मंटू जी ही साँझ देते हैं या विशेष कृपा की जा रही है? वैसे लड़के तो साँझ नहीं देते,'' मंजरी ने कहा लेकिन तब तक मंटू साँझ के दिए की थाली ले चुका था। मंटू थाली लेकर ज्योंहि ऊपर चढ़ने लगा कि मंजरी ने खड़े होते हुए पूजा की थाली से गुलाब का एक फूल निकाल लिया। मंटू मुस्कुराते हुए सीढ़ी चढ़ने लगा। उसकी दोस्त भी मंटू के पीछे हो ली और थाली छीन लिया मुँह बनाते हुए। ''मुँह काहे बना रही हो जी? दिया छुआ जाएगा क्या? दो बार नहाए हैं आज,'' दोनों नोंकझोंक करते हुए ऊपर चढ़ गए।

इधर मंजरी को देखकर रवि ने बात शुरू करने की कोशिश की और मुँह खोलने ही वाला ही था कि मंजरी ने गुलाब देते हुए कहा, ''बहुत चिट्ठियाँ लिखी जा रही हैं! मन में कुछ है तो बताइए वरना साँझ का दिया जलाने तो रोज ही आते हैं!''

''हमको सब मालूम है कि तुम रोज आती हो। कब आती हो, कब जाती हो, कहाँ ट्यूशन पढ़ती हो सब...'' रवि ने कहा तो मंजरी पूछ बैठी, ''काहे कर रहे हो हमारी जासूसी? किसी दिन रास्ते में लूटने का इरादा तो नहीं! कल से बाली पहन के नहीं आएँगे, गाँव में चोर घूम रहे हैं,'' मंजरी ने मज़े लेते हुए कहा तो रवि ने पलटकर जवाब दिया, ''हम तो खुद लुट चुके हैं, आपको क्या लूटेंगे!''

''हाय! क्या बात कही है! ये डायलॉगबाजी बब्बन से सीखते हो न? लेकिन अच्छा रहता कि कोई चोर हमारे पीछे लगा रहता... हम भी बच-बच के चलते और वो हमें हर जगह मिल जाता...'' मंजरी ने मुस्कुराते हुए कहा।

''चोर क्या हम तो डकैत बन जाएँ! रास्ते से किडनैप कर लें क्या? लेकिन चाची बहुत रोएँगी,'' रवि ने कहा।

''चाची रोएँगी तो तुमको क्या?'' मंजरी ने पूछा। ''अरे वो भी तो अब हमारी माँ हो गई ना!'' रवि ने कहा तब तक मंटू भी नीचे आ रहा था, ''अरे, समझती नहीं हो बात को, आ जाती हो रात को....''

''मंटू जी, कभी-कभार ही सही, सड़क से उठकर भी मुहावरा पढ़ दिया कीजिए... मतलब ये जो अभी मारे हैं, वो सड़क पर लोटता हुआ था। अब चलते हैं, रात होने वाली है।'' मंजरी कहते हुए साँझ के दीये की थाली मंटू

से लेते हुए घर की ओर निकली, और जाते-जाते रवि को देखकर ये कह गई, ''हैंडराइटिंग पर थोड़ी मेहनत कर लो, लग रहा था किसी डॉक्टर का पुरजा है।''

''मतलब टाइपराइटर बन जाएँ क्या?'' ज़ोर से रवि ने जवाब दिया तो थोड़ी दूर निकल गई मंजरी मुस्कुराते हुए ज़ोर से बोली, ''बन जाओ, हमें कोई दिक्कत नहीं...'' उसकी तेज़ आवाज़ के कारण गुड़िया ने उसका हाथ खींचते हुए सीधी तरफ़ किया, ''पूरे गाँव को सुना दो... धीरे बोल।''

''हो जाएगा इंतजाम टाइपराइटर का। कोर्ट में देखे हैं बहुत रहता है,'' मंटू ने हँसते हुए कहा तो रवि ने जवाब दिया, ''अबे पगला गए हो, अब दो लाइन लिखवाने कोर्ट जाएँ! कभी-कभी एकदम से बुरबक वाला बात कर देते हो। लवगुरु बब्बन कहते हैं कि लड़की की हर बात सीरियसली नहीं लेनी चाहिए,'' दोनों साइकिल पर बैठ चुके थे।

***

रास्ते में दोनों घर की ओर आ रहे थे तो उसके घर के पास के एक दालान के सामने चार लोग बैठे हुए थे और कुछ बात चल रही थी। रवि और मंटू अपने घर चले गए। दालान की दीवार पर किसी फ़िल्म का फटा हुआ पोस्टर था। उस पर सरकार की तरफ़ से लिखी हुई कुछ लाइनें थीं, जैसे कि 'लड़की हो लड़के, बच्चे दो ही अच्छे', 'आधी रोटी खाएँगे, फिर भी स्कूल जाएँगे', 'दहेज लेना और देना दोनों ही पाप है'। सरकार की तरफ़ से लोग आकर ख़ाली दीवारों पर ऐसी बातें लिख जाते हैं ताकि समाज पर थोड़ा सकारात्मक असर पड़े।

अचानक किसी बच्चे की 'आब नै करबो हो पप्पा' वाली चीख सुनाई दी। मालूम होता था कि कोई उसे बेतहाशा पीट रहा था। एक ने पूछा, "कौन है? रजिब्बा फिर मार रहा है क्या छौरा को? बहुत बदमाश है, एतना छोटा है लेकिन बदमाशी दुनिया भर का!"

राजीव ताड़ी पीकर लौटा था। 'क्यों पीकर लौटा था' यह सवाल पूछना ग़ैरज़रूरी है। गाँव में शाम में इस उम्र के लड़के चौक पर जाकर ताड़ी पीते हैं और वहाँ से घर तक की एक किलोमीटर की दूरी अपने घर वालों को गाली देते हुए तय करते हैं। राजीव भी घर पहुँचा था। बेटे को गाय दूहने के वक़्त उसके पाँव बाँधने के लिए इस्तेमाल होने वाली रस्सी से ताबड़तोड़ मारने के बाद अपनी पत्नी की ओर मुख़ातिब हुआ।

"सब पागल बना दो हमको! बेटीचोदा का जनमल सब... आग लगा के मर न जाओ सरजुआ के बीवी की तरह..."

कहने का मतलब यह कि उसके सारे मुसीबत की जड़ उसकी बीवी ही थी और उसे सरजू (दूसरे टोले का एक लड़का) की बीवी की तरह आग लगाकर मर जाना चाहिए क्योंकि वह किसी काम के लायक़ नहीं थी। बीवी परेशान है कि यह रोज़-रोज़ यही बात क्यों बोलता है। रोज़-रोज़ वही गालियाँ, रोज़ रोज़ वही मार पीट... क्यों? लेकिन 'रोज़-रोज़' शब्द जेहन में लाते ही सुकून मालूम होता था क्योंकि उसे पता था इस 'क्यों' का जवाब शायद राजीव के

पास भी नहीं था। गाली देना और मार पीट राजीव की दिनचर्या थी और उसे बिना कुछ बोले सहना उसके बीवी की नियति। वह ये सब सोच भी रही थी और गर्म मौसम में बाहर के चूल्हे पर रोटियाँ भी सेंकती जाती थी। उसके सोचने का सिलसिला टूटा जब अचानक से 'गदाक' की आवाज़ के साथ राजीव की एड़ी उसकी पीठ पर पड़ी। वह चूल्हे में गिरते-गिरते बची।

राजीव का प्रवचन चालू था, "गैंरचोदी... एक्को काम न करेगी ठीक से! एगो बच्चा नै सँभलता है हरमजदिया से! साली... मर जाओ न रे!"

"रे अभोगिया... रे पिलुअहवा तुम ही मर क्यों नहीं जाता रे... हमरे भाग में लिखे थे रे..." राजीव की माँ, जो पोते को चुप करा रही थी, बोल पड़ी। उसका भी रोज़ का यही काम था। वो भी बस गालियाँ देती थी और गाहेबगाहे राजीव के चुनिंदा गालियों और मार का भी शिकार होती थी।

राजीव रंगबिरंगी गालियाँ देते हुए दालान की तरफ़ बढ़ा जहाँ बैठक लगी हुई थी। ये सब के सब वो हैं जो रोज़ चौक से ताड़ी पीकर आते हैं, घर जाते हैं, बीवी बच्चे को मारते-गलियाते हैं और यहाँ आकर अपने 'न्याय' का लेखा-जोखा करते हैं। ऐसा नहीं है कि पूरा गाँव यही करता था। लेकिन हाँ, अधिकतर घरों का यही हाल था, और आज भी है।

ख़ैर यह 'पंचायत' लगी थी दालान पर। गाँजा की सोंधी-सोंधी ख़ुशबू बह रही थी हवा में। दूर किसी के यहाँ अचानक लाउडस्पीकर बजता है 'टिप टिप बरसा पानी', पता चलता है गाँव में लाइट आ गई। राजीव भी बहुत बड़ा गँजेड़ी था, कमसकम वह कहता तो यही था। वैसे तो सब अपने को एक से बढ़कर एक नशेबाज़ बताते थे और किसी भी नशेड़ी की तरह ये बताते रहते हैं कि किस तरह इतनी ताड़ी पीने के बाद भी वो बिलकुल 'सेन्स' में रहते हैं। वैसे इनके घरवाले और पास के सेंसिबल लोग जानते हैं की इनमें कितनी सेन्स बची रहती है चौक से आने के बाद।

राजीव ने चिलम हाथ में लिया और बघारना शुरू किया, "दिए हरमजादी को आज... बपचोदी को जेतना छूट दो, माथा पर चढ़के मूत देती है..."

संजय उसकी इस बात को अपना समर्थन देते हुए बोला, "एक दम ठीक कहा भाय, बपचोदी सब इसी के लिए है ही..." रजिब्बा, संजय्या, चिंटुआ, गंडोरिया आदि आदि सब अपनी अपनी वीरतापूर्ण हरकतों को बयान कर रहे

थे और एक-दूसरे को बधाई भी दे रहे थे। इस से ऐसे तत्वों को बड़ा सकून मिलता था क्योंकि इनके अनुसार धरती पर के सबसे ज्ञानी लोग इनके कर्मों पर अपने ज्ञान की मुहर रसीद कर रहे थे।

शाम के बाद रात आ गई। रात भी रोज़ आती थी जैसे राजीव रोज़ आता था। बिलानागा, नियत समय पर। एक-दूसरे को विदा कहते हुए सब लोगों ने फिर घर लौटने का प्रयोजन किया। राजीव घर पहुँचा। बीवी अपनी सास के पाँव दबा रही थी। चूल्हा अभी अभी फ़ारिग़ हुआ था और चेले सुलग रहे थे। डिबिया में किरासन तेल में लटकी बाती धीरे से जल रही है। शायद तेल कम है। वही धीमी रोशनी थी, कुछ दिखता है कुछ नहीं। आँखों को पाँच मिनट लग जाता है उस रोशनी में एडजस्ट होने में।

राजीव बीवी को खोजता है और खाना माँगता है, "ओए, खाना लाओ..."

"हाथ-पैर तो धो लीजिए..." पत्नी ने कहा। वह अभी भी पाँव दबा रही थी। चूल्हा सुलग रहा था। वह सोच रही थी कि उसकी हालत भी चूल्हे की तरह ही थी। इतनी आग है अंदर लेकिन बस जलकर सुलगते रहना है और बीतती हुई रात के साथ ठंडा पड़ जाना है। अचानक राजीव उसकी तऱफ बढ़ा और ताबड़तोड़ लातों की बारिश करने लगा। फिर बाल से खींचते हुए आँगन के उबड़-खाबड़ फ़र्श पर घसीटता हुआ लातों से मारने लगा। "तुम बताओगी कि हम हाथ-पैर धोएँ? एक बार खाना माँगा तो खाना दो... हरमजादी अपना माथा मत लगाया करो बेसी..."

राजीव ग़ुस्सा था कि कैसे उसकी बीवी ने उसकी बात पर सेकंड भर में अमल नहीं किया। अचानक उसके अंदर का पुरुष जग गया और हाथ-पैर धोने की नसीहत उसे आदेश जैसी लगी जो कि उसके पुरुषत्व को ललकार रहा था। ख़ुद को पुरुष होने का एहसास करने के लिए बीवी को पीटना उसकी मजबूरी थी। उस टोले के हर उस नौजवान की मजबूरी थी ये जो शाम में गाँजा पीने के लिए इकट्ठा होता था। अब पुरुष हैं तो पुरुषत्व का एहसास तो निहायत ज़रूरी काम था। इसलिए उसने बीवी को घसीटकर यह बात स्थापित कर ली कि वह पुरुष था।

बीवी को हमेशा की तरह कुछ समझ में नहीं आया। माँ हमेशा की तरह गालियाँ देती जा रही थी। और राजीव हमेशा की तरह भनभनाते हुए भोजन के

अपने तक आने का इंतज़ार कर रहा था। बेचारी बीवी ख़ुद को समेटते हुए उठी और रसोई में घुसी जहाँ उसने रोटी-सब्ज़ी पकाकर रखी थी। थोड़ी देर बाद बाहर निकली तो उसके हाथ में किरासन तेल का पांच लीटर वाला डिब्बा था। डिबिया भी कम तेल के कारण दम तोड़ने वाली थी।

वो बहुत शांत-सी डिबिये की तरफ़ बढ़ी लेकिन तेल को बाल्टी में उड़ेल दिया। फिर उसने राजीव की तरफ़ आराम से देखा और पूरा बाल्टी का तेल उसके देह पर डाल दिया और पास पड़ी डिबिया उसपर फेंक दी। और साथ ही उसे चौखट से भीतर धकेलकर दरवाज़ा लगा दिया। ये सब इतनी जल्दी हुआ कि किसी को भनक ही नहीं लगी कि क्या होने वाला है। लग रहा था राजीव की पत्नी ने इस दृश्य को कई बार दिमाग़ में चलाया हो, उसकी कमियों को दूर किया हो, और अंततः उस दिमाग़ी विचार को उस दिन आज़मा लिया। राजीव का पूरा देह आग की लपटों में जल रहा था। वह बंद कमरे में बेतहाशा भाग रहा था और बीवी को लगातार गालियाँ देकर पानी माँग रहा था। बीवी बुत की तरह खड़ी थी। माँ एक बार उठी और फिर यह कहकर बैठ गयी, "ऐसी औलाद से बढ़िया है बेऔलाद रहना। भले मर जाए जल के..."

राजीव अंदर से भी लगातार गाली बके जा रहा था, "एक बार गेट खोल, बताते हैं... ऐ माय, गेट खोल न..." जब लपटें तेज़ हुई और वो जलने लगा तो गिड़गिड़ाने लगा। यह सुनकर उसकी माँ पिघल गई और दरवाज़ा खोल दिया। राजीव भागता हुआ नाले की ओर दौड़ा। माँस के टुकड़े उसके शरीर से टूटकर टपक रहे थे। दौड़ते हुए वो आँगन के उसी फ़र्श के नुकीले ईंट के टुकड़े से टकराया जिसपर उसने अपनी बीवी को कई बार पटका था।

धम्म की आवाज़ हुई और राजीव गिर पड़ा। अचानक दूर लाउडस्पीकर से आवाज़ आई, "बोलो सत्यनारायण भगवान की जय!" दूर से एक आवाज़ आई, "आहा! लाइन आ गया..." घर पर भी रोशनी हो गई। तब तक धुआँ देखकर बग़ल के घर की एक औरत ने चिल्लाना शुरू किया तो बाक़ी लोग दौड़कर आए लेकिन राजीव तब तक मर चुका था।

मास्टरजी को किसी ने आकर बताया, "मास्टर साहेब, गजब हो गया! रजिब्बा के घर में कोई आग लगा लिया। शायद बीवी ही होगी, रोज मारता था। चलिए जल्दी, शायद बच जाए नहीं तो मूर्ख-जपाल लोग हॉस्पीटल भी नहीं ले

जाएँगे। बड़ा-बड़ा लपट उठा रहा था, हम हल्ला सुने तो दौड़ते हुए आए।''

मास्टरजी ने चप्पल पहना और किसी तरह गमछा लेते हुए तेज़ी से भागे। उनके पीछे रवि और मंटू भी, जो वहीं रवि की माताजी के पास बैठा था, वह भी दौड़ा। पीछे माताजी भी आ गईं। मास्टरजी राजीव के घर पहुँचे और सबको हटाते हुए नाली के पास गए। राजीव मर चुका था।

''सब यहाँ तमाशा देख रहे थे? कोई अस्पताल नहीं ले गया? जाहिल हो सब-के-सब!'' मास्टरजी ने फटकार लगाई तो एक ने बोला, ''अरे पहले ही मर गया था। हमलोग आए तब तक गिरा हुआ था।''

''गिरा हुआ था तो मर गया! मतलब सब डॉक्टर बन लो। इतना जल्दी मर गया आग लगने से। कैसे लगी आग? खुद लगाई थी इसने... ? कोई कुछ बोलेगा या मूर्ति जैसा सब मुँह ताकोगे?''

''रोज मारता था, हमको, बच्चे को, मायजी को.. सबको गंदा-गंदा गाली देता था। हम ही तेल डालकर डिबिया फेंक दिए...'' कहते-कहते उसकी पत्नी रोने लगी तो सास ने चुप कराया, ''भले मर गया, पापी, निकम्मा... रोज ताड़ी पीना, रोज मारपीट...''

''हे भगवान!'' मास्टरजी और बाक़ी लोगों ने सुना तो दंग रह गए, ''ये चौक पर जब तक ताड़ी रहेगा ऐसे ही लोग आग लगाते रहेंगे, जहर खाते रहेंगे। जब से इस गाँव में है, उकता गए हैं आग लगाकर मरने वाली लाश देख-देखकर। क्या मिलता है ताड़ी-दारू पीने से? ये देखो, अब घर परिवार कौन देखेगा... संजय्या? चिंटुआ? किसी दिन ऐसे ही पड़े रहोगे या फिर पत्नी आग लगा लेगी खुद को तुमसे त्रस्त होकर। चलो अब इसके अंतिम संस्कार का इंतजाम करो... कितने लोग मरेंगे...''

मास्टरजी घर आए और बहुत खिन्न लग रहे थे। ''कितना बार मुखिया, सरपंच से बोले हैं कि ये बंद कराओ चौक पर से ताड़ी का दुकान। लेकिन वो क्या बंद कराएगा, खुद ही पीने जाता है रोज। आधे घर में हर शाम गाली-गलौज की आवाज आती है। गाँव का पूरा माहौल खराब है लेकिन किसी को दिखता नहीं... बारह-पंद्रह साल में बियाह कर दीजिए कि दहेज में कुछ तो मिलेगा नहीं तो पकड़ौआ बियाह कोई कर देगा... ये रजिब्बा का बियाह पकड़ के कौन कर देता? इस बकलोल को कोई क्यों पकड़ के अपनी बेटी से बाँध

देता? हैं? बारह साल का था बियाह दिए, तेरह में बच्चा हो गया, बाप खुद मर ही चुके थे। अब अकेले में इसको कहने वाला कोई था नहीं तो अपना मनमानी करता था। रोज नशा करो, रोज गरियाओ, रोज मारो... क्या हो गया है इस गाँव को। कितनी बार लगता है कि भले बीएचयू में प्रोफेसरी करते, क्यों आए इस गाँव में। रोज कहीं-न-कहीं कोई कुछ-न-कुछ करता रहता है। कोई मंदिर में दुसाध घुसा तो उसको मारता है जैसे भगवान पर ठेकेदारी है इनकी?''

''लीजिए चाय,'' माताजी ने चाय दी और मास्टरजी को साँत्वना देने लगीं, ''आप हैं यहाँ तो बहुत सुधार है। अब कहाँ कोई बारह साल में शादी कराता है? वो सब बंद हो गया आपके कारण। बहुत कुछ सुधरा है। हर घर का बच्चा पढ़ने जाता है। आपके कई विद्यार्थी बढ़िया नौकरी कर रहे हैं। हमारे जैसे महामूर्ख को जब आपने पढ़ना-लिखना सिखा दिया तो बाकी लोग तो हमसे अच्छे ही हैं। सब सीख जाएँगे, थोड़ा समय लगता है सब बात में।''

रवि और मंटू वहीं बैठे दोनों की बात सुन रहे थे। ''हैं चाची? आपको पढ़ना नहीं आता था?'' मंटू ने तपाक से पूछा।

''उ हूँ,'' नहीं में सिर हिलाते हुए माताजी ने कहा, ''तुम्हारे मास्टरजी हमारे मास्टरजी भी हैं। स्कूल में पढ़ाने के बाद हमको भी दो घंटा रोज पढ़ाते थे। हिंदी तो सीख गए पढ़ना-लिखना, अब अंग्रेजी भी सीखेंगे...'' हँसते हुए उन्होंने माहौल को हल्का करते हुए कहा।

मास्टरजी अभी भी तनाव में लग रहे थे। फीकी-सी हँसी ज़रूर आई चेहरे पर लेकिन वो फिर ग़ायब हो गई, ''बीस साल का था बस! ये कोई उम्र होती है... हम आते हैं देखकर जरा। उ लोग अभी भी कुछ किया कि भीड़ वैसे ही है।'' कहते हुए मास्टरजी हड़बड़ी में फिर निकल गए।

''मंटू बेटा, घर नहीं जाओगे? माँ इंतजार कर रही होगी बेटा!'' मंटू उठा और रवि से विदा लेते हुए बोला, ''देर क्या, घंटा भर थोड़े लगता है जाने में, बगले में तो है। वैसे भी हम तो जा ही रहे थे, फिर ये सब हो गया। चलते हैं।''

तब तक माताजी ने बर्तन में कुछ निकाला और मंटू को देते हुए बोली, ''ये अपनी बहन को दे देना।''

''और कल इसमें चाची से बेसन की सब्जी बनवाकर लौटाना। खाली मत आना,'' रवि ने कहा तो तीनों हँस पड़े।

***

स्कूल में स्टाफ़ रूम में सारे शिक्षक बैठे थे और मास्टरजी उस मीटिंग की अध्यक्षता कर रहे थे, "अब प्रीबोर्ड आ रहा है और आशा है सारे शिक्षकों ने अपना पाठ्यक्रम पूरा कर लिया होगा। आप अपने विद्यार्थियों की कमजोरियों पर ध्यान दीजिए और जो पिछली परीक्षाओं में कम अंक पाने वाले हैं, उनके लिए अलग कक्षाएँ लगाइए और उनका दैनिक आकलन कीजिए ताकि स्कूल के सारे बच्चे हर साल की तरह अच्छे नंबर से पास हों।"

मास्टरजी की बात सुनकर लगभग सारे शिक्षक हामी भर रहे थे। मास्टरजी बोलते रहे, "आलोक सर, आपका विषय सबसे महत्त्वपूर्ण है। गणित में हमारे बच्चे बेहतर प्रदर्शन करते रहे हैं, उम्मीद है इस साल भी अच्छा ही होगा।"

"जी मास्टरजी। कुछेक बच्चे चंचल जरूर हैं, पर गणित पर पकड़ गजब की है। श्रवण तो लगता है सौ में सौ लाएगा। वो तो अपने दोस्तों की भी मदद करता है। बोर्ड का रिजल्ट भी बढ़िया होगा।" आलोक सर ने सुनाया।

"ठीक है फिर, प्रश्नपत्र अगर बन गए हों तो परीक्षा कक्ष में रखवा दीजिए सब लोग, जिनका नहीं हुआ है वो एक-दो दिन में बना लीजिए," मास्टरजी ने अपनी बात ख़त्म की और उठने लगे।

"भाई लोग क्वेश्चन पेपर बन गया है। तैयारी चालू कर दो। प्रीबोर्ड में फेल हुए तो बोर्ड में बैठने नै मिलेगा", श्रवण ने कहा।

"तुमको कैसे पता?" मंटू ने पूछा तो श्रवण ने कहा, "अरे स्टाफ रूम में मीटिंग चल रहा था। अभी आते वक्त सुने। आलोक सर तो परीक्षा कक्ष में क्वेश्चन जमा भी कर दिए। सोचे कि इम्पॉरटेंट क्वेश्चन पूछ लें, फिर सोचे कि हमको क्या जरूरत है! ई तो अंतिम परीक्षा है, गर्दा उड़ा देना है इस बार!"

क्लास में मंजरी नहीं थी। रवि पास ही बैठा था और उसका मूड ऑफ़ था। उसने एक बार मंजरी की सीट की तरफ़ देखा और वहाँ से बाहर निकल गया।

स्कूल की छुट्टी के बाद, उसी यूनिफ़ॉर्म में उदास चेहरा लिए रवि बब्बन की दुकान पर था। दोनों बात कर रहे थे। बब्बन ने पूछा, "मुँह काहे लटकाए हुए हो बे? गाय को बाछा हो गया क्या?"

"अरे नहीं भैया। कई दिन हो गए मंजरी ने स्कूल आना बंद कर दिया है। पता नहीं क्या बात है। कहीं छोड़ तो नहीं दी!" रवि ने कहा।

"अरे क्या क्या सोचते हो यार! लड़की लोग को बहुत तरह की समस्या होती है। बीमार हो गई होगी। कहीं गई होगी किसी दिन के लिए, सत्रह कारण हो सकता है। इतना मत सोचो," बब्बन ने कहा।

"अरे वो यहीं है। अभी गए थे उधर। गुड़िया से बात किए, बोली कि उसके घर में बहुत लोग आए हुए हैं। शादी नहीं है उसकी बहन का, तो उसी में सब काम में लगी हुई है," मंटू ने आते हुए किसी तरह अपनी तेज़ साइकिल को दुकान के पास रोका, "एक बात और। परसों उसका जन्मदिन है।"

"हाँ, वो तो पता है हमको बहुत दिन से," रवि ने बोला।

"अरे सुनो फिर। एक मस्त चीज लाए हैं बेगूसराय बजार से। ब्रह्मास्त्र है प्रेम का। ऐसा चीज कोई देखा भी नहीं होगा इधर," बब्बन ने कहा।

"तो उसका हम क्या करेंगे?" रवि ने उदासी से पूछा

"अरे सुनो तो, बर्थ डे आ रहा है उसका। उसको थोड़ा रोमांटिक अंदाज में मनाओ कि लड़की खुश हो जाए। समझ रहे हो बात? जिंदगी भर 'चाँदनी रात में नौका विहार' पर लेख ही लिखोगे कि कुछ करोगे भी? लाइफ में थोड़ा रोमांस लाओ।" बब्बन ने कहा।

"मतलब?" रवि ने पूछा।

"इधर सुनो। मंटू तुम भी आओ जरा," बब्बन ने उन्हें बुलाया और प्लान समझाने लगा।

***

रवि और मंटू गाँव के पास की नदी के किनारे एक नाव पर बैठे हुए थे। नाव पर मल्लाह भी था। लगभग रात का वक़्त था और चाँद की चाँदनी अपनी छटा बिखेर रही थी। थोड़ी देर हो गई तो रवि ने मंटू से कहा, "अरे यार! लगता है नहीं आएगी।"

"धीरज रखो भाई, आ जाएगी। जब उसने बोला है तो जरूर आएगी।" तभी दूर से बब्बन ने एक ख़ास तरह से सीटी बजाई। जिसका मतलब था कि वह उस जगह पहुँच गई है। बब्बन दूर अपनी साइकिल रोककर ऐसे बैठा था कि किसी को न दिखे। वह बीड़ी जलाकर पी रहा था।

तभी मंजरी किनारे की ओर आती दिखी तो रवि लगभग दौड़ता हुआ वहाँ तक गया और उसके साथ नाव की तरफ़ वापस आने लगा। मंजरी बहुत उदास थी और रवि चुलबुला-सा।

"मतलब चार दिन घरवालों ने काम क्या करवाया तुम्हारी तो बोलती बंद हो गई!" रवि ने बोला।

मंजरी ने उसके सवाल को दरकिनार करते हुए कहा, "यहाँ क्यों बुलाया? क्या मौत पड़ गई थी?"

"अरे आओ तो सही। तुम्हारे लिए पूरा इंतजाम किया है और तुम गुस्सा हुए जा रही हो," रवि ने कहा। तभी मंटू ने अपने स्पीकर वाले वाकमैन में एक कैसेट डाला और प्ले का बटन दबा दिया। 'आइए आपका इंतजार था' बजने लगा।

फिर रवि मंजरी को लिए नाव पर बैठ गया। मंटू और मल्लाह दूसरे छोर पर बैठ गए। नाव पानी में आगे बढ़ने लगी। मंजरी फिर से चुप थी। रवि बोल रहा था और मंटू कैसेट की झोली से कैसेट खोजकर निकाल रहा था।

"अच्छा सुनो, ये लो तुम्हारे जन्मदिन का गिफ्ट," रवि ने गिफ़्ट निकाल कर मंजरी को दिया तो वो पूछ बैठी, "ये क्या है? ये सब करने की क्या जरूरत थी? कोई देख लेगा न तो बहुत बुरा होगा... समझते क्यों नहीं?"

"अरे कौन देख लेगा ? देखने वाले को हम देख लेंगे," रवि ने कहा और मंटू ने एक गाना बजा दिया जिसमें हीरो के हिम्मत और दुनिया से लड़ने का ज़िक्र है। 'अरे हम तो मोहब्बत करेगा, दुनिया से नहीं डरेगा' बजने लगा।

"तुम्हारा दिमाग ठीक है ? कभी सीरियस भी रहते हो ? हमसे पूछा कि हम क्यों उदास हैं... एक बहन की शादी है, और अब हमको भी घसीट रहे हैं ! चार दिन से बहन की शादी की तैयारी हो रही है और हमको कुर्सी पर बैठा-बैठाकर लोगों को दिखाया जा रहा है, फोटो खींच रहे हैं, बायोडाटा भेज रहे हैं, और तुमको ये बर्थडे और गिफ्ट दिख रहा है," मंजरी का चेहरा और भी सख़्ती और उदासी से भर गया।

रवि अवाक् था। मंटू का गाना बजाना जारी था। वह वाकमैन को उन दोनों की तरफ़ करके लगातार बजाए जा रहा था, 'आए हो मेरी ज़िंदगी में तुम बहार बनके'।

"यार दो मिनट चुप करोगे। बंद करो इसको," रवि ने मंटू को कहा तो उसने नया गाना बजा दिया, 'चुप तुम रहो, चुप हम रहें, ख़ामोशी को, ख़ामोशी से बात करने दो'।

रवि पीछे मुड़ा और बहुत ही शांति से बोला, "ये भाय, गोर लागते हैं तुमको। बंद कर दो न बाजा।" मंटू ने बाजा बंद कर दिया।

"कुछ नहीं होगा यार। हमलोग कुछ करते हैं। अपना मूड ठीक करो। इस चाँदनी का तो लिहाज करो, उदास होकर चाँद को मद्धम न करो," रवि ने मंजरी को फिर से ख़ुश करने के लिए कहा, "देखो तो अबकी बार तिवारी जी ने ये लेख लिखने दिया तो अस्सी नम्मर से कम तो नहिंए लाएँगे, क्या बोलते हो मंटू ?" मंटू ने ये सुनते ही चाँद और चाँदनी से संबंधित एक गीत बजा दिया 'चाँद से पर्दा कीजिए'।

अबकी बार उसे मंजरी ने चुप रहने को कहा, "मंटू जी बंद कर दीजिए, कान में चुभ रहा है," यह कहते हुए उसने रवि के कंधे पर अपना हाथ रख दिया और बोलने लगी, "हमारी भी शादी हो जाएगी रवि... एक तो परीक्षा है ऊपर से पढ़ने नहीं दे रहे हमको ये लोग... हम फेल हुए तो हमारी शादी तय है... हमको निकालो यहाँ से रवि," ये कहते हुए मंजरी रोने लगी।

पूरी नाव शांत थी, नदी शांत थी और मंटू का वाकमैन भी शांत था।

रवि के आँखों से नींद ग़ायब थी और मंजरी को नींद नहीं आ रही थी। रवि अपनी बेचैनी टेबल लैम्प जलाने-बुझाने में दिखा रहा था। मंजरी की बेचैनी उसके टेबल पर निकल रही थी। अपने स्टडी टेबल पर दोनों तरफ़ रखे किताबों के बीच मंजरी गिफ़्ट के डब्बे को देख रही थी। फिर उसने उसे खोला जिससे एक प्रेमी जोड़ा निकला। उसको छूते ही 'आई लव यू' की आवाज आई तो मंजरी चौंक गई। फिर वह उस खिलौने को लेकर अपनी रज़ाई के अंदर घुस गई और बार-बार उसे छूकर 'आई लव यू' सुनती रही मानो इस कठिन समय में यही उसके लिए एक सकारात्मक वस्तु थी। खिलौने से रोशनी भी आती थी जो कि रज़ाई के बाहर से दिखती थी। जलते-बुझते हुए खिलौने के साथ मंजरी सो गई।

***

"एक बात बहुत दिन से पूछना चाहते हैं तुमसे। पूछें?" मंटू ने रवि से पूछा। आमतौर पर तो ऐसे ही बहुत कुछ बोल देता था, क्योंकि बचपन की दोस्ती थी, लेकिन आज इस तरह से पूछने पर रवि को ताज्जुब हुआ, "तुम कब से परमीसन लेकर पूछने लगे भाई!"

"अरे बहुत प्राइवेट बात है, क्या पता बुरा मान जाओगे!"

"तुम्हारी बात का बुरा मान जाएँगे? तुम्हारी बात का? हम? क्या यार मंटू, आजतक तुमसे जोर से भी बोले हैं कभी...ये एकदम गलती बात बोल दिए तुम! यही दोस्ती है?" रवि ने नक़ली ग़ुस्सा दिखाते हुए कहा।

"गुसाओगे नहीं ना? बहुत पर्सनल सवाल है," मंटू ने इधर-उधर देखते हुए कहा, तो रवि ने आँखें दिखाई की पूछ ही ले, वरना नहीं पूछने पर वह ग़ुस्सा हो जाएगा।

"एक बात बताओ... स्कूल में तो इतनी लड़कियाँ हैं। एक-से-एक हैं। गोरी, सुंदर, लंबी भी है एक-दो, ठेठी भी बोलती है तो लगता है मैथिली बोल रही है, एकदम मधुर आवाज... तो फिर तुमको एक साँवली, दुबली-पतली, लड़कों को पीटने वाली, जो बोलती है तो लगता है लाठी मार रही है, वैसी लड़की कैसे अच्छी लग गई? मतलब तुमको तो कोई भी लड़की मिल जाती। गोरे हो, लंबे हो, पढ़ने में भी ठीक हो, और मास्टरजी के बेटे हो... ये सवाल हमारे दिमाग में उस दिन से है जब हमलोग चननमा जी के चक्कर में तिवारी जी के साथ ऑफिस गए थे डाँट सुनने..." मंटू एक साँस में बोल गया।

"ये पूछना था! हम उतना दिमाग नहीं लगाए। हमको पहले ही दिन से अच्छी लगी, और बाद में और अच्छी लगने लगी। अब तो हमको उससे सुंदर कोई लगता ही नहीं है," रवि ने लगभग टालते हुए कुछ भी कह दिया।

बात कुछ और ही थी। रवि ने किसी पत्रिका में एक कहानी पढ़ी थी जो कि एक असाधारण लड़की की कहानी थी, जिसमें वह बार-बार सताए जाने के बावजूद, समाज के सामने उठती है, और सबको गलत साबित करती है।

उस लड़की की एक छवि बनी हुई थी उसके दिमाग में। मंजरी को पहली बार देखते ही उसे वह नायिका दिखी, और रवि को पहली ही नजर में वह भा गई। यह किशोरावस्था का प्रेम ज़रूर था, लेकिन रवि को लगता था कि उसे वो बहुत दिनों से जानता है। उसे ये लगता था कि उसने उस लड़की का पूरा भविष्य देख रखा है। उसके रंग, क़द, बोली आदि पर रवि ने कभी ध्यान ही नहीं दिया।

मंजरी भी ऐसी लड़की थी जो अपनी उम्र से कहीं ज़्यादा सुलझी हुई, हिम्मती और आत्मा की तह तक पवित्र थी। रवि ये बात धीरे-धीरे समझ पाया। वह जब-जब भटकता, संशय में होता था, मंजरी उसके साथ खड़ी होती थी। मंजरी का अपने लिए खड़ा होना, लड़कों द्वारा रुमाल फेंकने पर दूसरे गाँव में घुसकर पीटना, वो भी उस समय जब सारी लड़कियाँ एक ही तरह की चोटियाँ बनाए, समाज के बनाए नियमों के सामने छाती पर तीन स्तर कपड़े, उसपर दुपट्टा, उसके ऊपर किताब, और फिर सबसे ऊपर हाथ रखे चला करती थीं, रवि को अच्छा लगता था।

उसे तब यह नहीं पता था कि मंजरी ऐसी क्यों है, ऐसा क्यों करती है जैसा कोई और नहीं करता। उसे बस मंजरी की हिम्मत, सोच और मुँहफट होकर उससे बातें करना अच्छा लगता था। समय के साथ-साथ मंजरी रवि की कहानी वाली नायिका से भी आगे जाने लगी। यही कारण था कि मंजरी उसे बेहद ख़ूबसूरत लगती थी। मंटू को रवि यह बताना नहीं चाहता था क्योंकि उसे लगा कि ये सिर्फ़ उसकी बात है, जिसे वह बाँटने को तैयार नहीं था। रवि के लिए ख़ूबसूरती के मायने अलग थे, ये उसे ख़ुद भी पता नहीं था। उसे जब इश्क़ हुआ तब उसे इश्क़ के तौर-तरीक़े, परिमीतियाँ, ज़रूरतें समझ में ही नहीं आती थीं। इसलिए उसे जो इश्क़ हुआ वो निश्छल और निर्मल था। उसे वह अच्छी लगती थी, और उसके लिए इतना ही काफ़ी था। मंटू को शायद रवि ये बातें समझा भी नहीं पाता। किन शब्दों में बताता कि जिसे मंटू सुंदर मानता है, वो फ़ॉर्मूला तो रवि के पल्ले ही नहीं पड़ा!

"अच्छा! बस अच्छी लगी! कमाल है, हमको आजतक कोई एक ही बार में अच्छी नहीं लगी कि पगला ही जाएँ उसके लिए। बताओ, तुम्हारे चक्कर में नाव पर वॉकमेन भी बजाए और डाँट भी सुने मंजरी का। वैसे एक बात

बताएँ?" मंटू ने फिर पूछा तो रवि ने हाँ में सर हिलाया। मंटू कुछ क्षणों के लिए रुका और बोलने लगा, "मंजरी मुझे भी बहुत अच्छी लगती है," रवि ने जब आश्चर्य से मंटू को देखा तो उसने हाथ से शांत रहने का इशारा करते हुए कहना जारी रखा, "अरे वैसे नहीं यार! क्या सोचने लगते हो! मतलब वो अच्छी लड़की है। इतने दिन से साथ हैं, तो अब लगता है कि तुम्हारे लिए उससे बढ़िया मुश्किल ही है। हमको भी इतना मानती है, जी-जी करके बात करती है। सही है तेरे लिए।"

रवि मंटू को देखकर मुस्कुराने लगा। फिर उसने ऐसे गर्दन हिलाई जैसे सहमति दे रहा हो, साथ ही ख़ुद के चुनाव पर गर्व महसूस कर रहा हो। दीवार पर बैठे दोनों दोस्त थोड़ी देर तक चुप रहे। लेकिन थोड़ी ही देर में रवि के चेहरे का भाव बदलने लगा। वो थोड़ा चिंतित दिख रहा था।

मंटू ने बोला, "अब क्या हो गया? अचानक से मुस्कुरा रहे थे, और एकदम से चुप? क्या सोच रहे हो?"

"क्या बोलें यार, वही मंजरी के पास होने की चिंता। पास नहीं होगी तो उसकी शादी करा देंगे यार! कुछ तो करना पड़ेगा।" रवि ने कहा।

"अरे सरबन चा पढ़ा देगा उसको, हमको भी तो बताते रहते हैं त्रिकोणमीति, अलजेबरा सब। बोलता है त्रिकोणमीति स ही पूरा दुनिया चलता है। 'रॉकेट-वॉकेट सब त्रिकोणमीति से चलता है', जब ये बोला तो हमको लगा कि जानना ज़रूरी है। बहुत सही समझाता है यार," मंटू ने उपाय बताया।

"यार वो श्योर-शॉट उपाय नहीं है न। मंजरी का बाकी सब विषय ठीक है, लेकिन मैथ कमज़ोर है। बाकी में तो प्रैक्टिकल से भी नंबर आ जाएगा, मैथ में दिक्कत है। कुछ करना पड़ेगा," रवि ने दृढ़ता से कहा।

मंटू दीवार से नीचे कूद गया और बोला, " क्या करोगे?" "पता नहीं," रवि ने कहा और कूद गया।

"इंटर के बाद का कुछ सोचा है?" मंटू ने चलते हुए पूछा।

"इंजिनरिंग का फॉर्म भर देंगे, सब तो वही करता है। फॉर्म भरने में क्या है, क्यों?" रवि ने यूँ ही बिना गंभीरता से सोचे हुए कहा।

"हाँ, और क्या। रामचंद्र कह गए सिया से, ऐसा कलजुग आएगा, हर घर से दो गो लड़का इंजिनरिंग कॉलेज जाएगा," मंटू ने कहा और दोनों हँसने

लगे।

"तुम क्या सोचे हो? भर देना तुम भी," रवि ने फिर पूछा।

"पता नहीं यार! सब कुत्ता काशी चला जाएगा तो भोज वाला पत्तल कौन चाटेगा? देखते हैं, अभी तो समय है।" मंटू ने जवाब दिया।

"परीक्षा का तैयारी कैसा है तुम्हारा?" रवि ने मंजरी से पूछा। दोनों उसी मंदिर की सीढ़ियों पर थे जहाँ पहली बार मिले थे। मंटू और मंजरी की दोस्त ऊपर थे। रवि और मंजरी सीढ़ियों पर।

"हम तो जितना हो सकता है पढ़ लिए हैं। बाकी इनके हाथ में है। किसी तरह गणित में फेल न हो जाएँ, बस यही प्रार्थना करने आए हैं।" मंजरी ने भगवान को प्रणाम करने की मुद्रा में कहा।

"अरे बिल्कुल पास करोगी, हंड्रेड परसेंट पास करोगी। लिख के देते हैं।" रवि ने उत्साहवश कहा तो मंजरी ने पूछ दिया, "तुम इतना विश्वास से कैसे कह रहे हो? हमको पता है न कि हम कितना पढ़े हैं। इसीलिए तो इधर भगवान को घूस देने आते हैं..."

"गॉड हेल्प्स दोज, हू हेल्प देमसेल्भ्स! समझे मंजरी जी," मंटू सीढ़ी उतरते हुए बोला।

"बाह बाह! सड़क से सीधा सात समंदर पार! अंग्रेजी में बोलने लगे मंटू जी! ये जो बोले हैं उसका मतलब भी समझा दीजिए जरा।" मंजरी ने पूछा।

"मतलब! सोचने दो," मंटू मुँह से कुछ बुदबुदाने लगा, फिर बोला, "मतलब ये है कि पूजा पाठ उसी को काम देता है जो कर्म करता है। कर्मण्ये वाधिकारस्ते, माँ फलेषु कदाचन!"

"बाप रे बाप! मंटू जी छा गए आज आप तो। अंग्रेजी, संस्कृत सब में शायरी बोल रहे हैं!" मंजरी ने चहकते हुए कहा।

"शायरी नहीं है, सुभाषितानि है। परीक्षा के चक्कर में रट लिए हैं। इतना ही आता है। अब आगे कुछ बोलोगी तो फिर वही सब निकलेगा 'मारेंगे हियाँ, गीरेगा हुआँ'। और हाँ तुम पास हो जाओगी, ऊपर बात कर लिए हैं। सब इंतजाम हो गया है।" मंटू बोलते-बोलते बोल गया।

"इंतजाम?" मंजरी ने अजीब-सा मुँह बनाकर पूछा।

‘‘अरे, कहने का मतलब है कि ऊपर मंदिर में भगवान से बतिया लिया है तुम्हारे बारे में। दीया जलाने गया था न ऊपर?’’ रवि ने बात सँभाली।

‘‘ओह! अच्छा। ऐसे! मंटू जी आप तो पास कर जाएँगे न? अपने लिए भी बात कर लिए हैं न?’’ मंजरी ने पूछा।

‘‘हमारा फिक्स है। पचपन-साठ परसेंट लाते हैं। बाबूजी गरियाते हैं, लोफर-लुच्चा कहते हैं। हम भी सुन लेते हैं। अब कौन बताए कि हमको इतिहास-भूगोल में एक पैसा रुचि नहीं है। लेकिन सबको सबकुछ पढ़ना है! विश्वयुद्ध के बारे में ठूँस-ठूँसकर जो पढ़े थे दसमा में वो परीक्षा में लिखने के अलावा कहाँ काम में आया? हम तो कहते हैं पँचवा तक हिंदी, अँग्रेजी, गणित, समाज, विज्ञान पढ़ाओ उसके बाद जिसको जिसमें ज्यादा नंबर आता है वो पढ़े। अपना अपना मन से।’’ मंटू ने कहा।

‘‘सही बात है। हम थीटा-बीटा काहे पढ़ें? जोड़-घटाव का तो समझ में आता है। हिंदी-अंग्रेजी भी भासा है तो बोलने में ठीक रहता है लेकिन हमको ये नहीं पता चलता कि सबको गणित काहे पढ़ना है। एतना भारी सब्जेक्ट है। याद है दो साल पहले बगल वाले गाँव के सुरेश मुखिया का बेटा सल्फास खा कर मर गया था गणित में फेल होने पर!’’ रवि ने मंटू की बात आगे बढ़ाते हुए कहा।

‘‘पता नहीं मास्टर लोग क्या सोचता है! बदला निकालता होगा कि हम एतना भारी पढ़े बच्चा में, तो तुम भी पढ़ो। है कि नहीं?’’ मंटू बोला।

‘‘इंटर में आ गए, ये पता नहीं है कि ये त्रिकोणमीति का करना क्या है!’’ रवि ने मंटू की बात काटते हुए कहा।

‘‘त्रिकोणमीति इंजीनियर सब पढ़ता है। जीजा बता रहा था कि दो दिन में समझा देगा सारा त्रिकोणमीति...’’ मंजरी ने बोला।

‘‘दो दिन में समझा देगा... तुम जीजा से बच के रहो जी! दो दिन में समझ में आ जाता तो सरकार साल भर काहे पढ़ाती है! सरबन चा इतना तेज है मैथ में, ऊ भी बोला कि समझने में टाइम लगता है। इंजीनियर हो गया तो कुछ भी बोलेगा?’’ रवि ने कहा तो मंजरी उसको मारने को दौड़ी। सब हँसने लगे।

‘‘अरे ऐसे ही बोले, तुम ऐसे चप्पल लेकर मत दौड़ा करो, हाथ में मोंच आ जाएगा। तुम्हारा इंजीनियर जीजा करता क्या है? पूछे उससे?’’ रवि ने

मंजरी के दोनों हाथ पकड़ते हुए, घुमाकर पीछे से बाँहों के घेरे में कर लिया। एक सेकेंड को मंजरी सकुचाई फिर मुस्कुराते हुए सीढ़ी पर आकर बैठ गई।

''बोला पुल बनाता है!'' मंजरी ने कहा।

''पुल तो मजदूर–मिस्त्री बनाता है। जीजा इंजीनियर है कि मिस्त्री? ठग तो नहीं लिया तुम लोगों को?'' रवि ने फिर से मज़ाक़ करते हुए कहा।

''तुम बस मजाक उड़ाओ। इंजीनियर साहब वो है। वो पुल बनाए कि घर में खाली बैठे, रहेगा इंजीनियर ही। तुम जब तक अपने कुछ नहीं करोगे, तब तक दूसरे पर हँसना नहीं चाहिए। अभी तो ये पता करो कि गार्ड बनना है, कि बब्बन, कि अजय देबगन, कि इंजीनियर, कि डाक्टर... या यहीं गाँव में ढेला फोड़ना है। स्कूल से निकलने के बाद मास्टरजी का बेटा होकर कुछ नहीं करोगे तो जो भी इज्जत मास्टरजी कमाए हैं, ऊ सब हवा में उड़ जाएगा।'' मंजरी ने गंभीरता से कहा।

''हमको लगता है हम मास्टरजी का बेटा नहीं होते तो जिंदगी थोड़ा आसान होता। फेल करने पर घर में दो बात सुन लेते, मास्टर सब तो मजाक नहीं उड़ाता कि हेडमास्टर का बेटा होकर एतना ही नंबर लाता है! अगले साल से कॉलेज में जाएँगे, और ये पता ही नहीं कि किस सब्जेक्ट में एडमिशन कराएँ! या जो भी पढ़ें वो क्यों पढ़ें! इस सोच में दिमाग फटता है मेरा।'' कहते कहते रवि अपना माथा पकड़कर बैठ गया।

मंटू ने उसके हाथ सर से हटाए और उसको देखकर बोला, ''भाय, टेंसन मत लो इतना नहीं तो इंजीनियर बनने से पहले ही एकाध दिन चल बसोगे। एतना क्लास पास कर गए न बढ़िया नम्मर से? ये भी कर लेंगे। और हमको विश्वास है कि जो भी आगे करेंगे, मेहनत से करेंगे और बढ़िया ही होगा। एतना टेंसन लोगे तो दिक्कत हो जाएगा।''

''हाँ, और नहीं तो क्या। तुम तो लड़का हो, तुम ऐसे हहर जाओगे, कमजोर पड़ोगे तो कैसे काम चलेगा।'' मंजरी ने उसका हाथ पकड़ा और पास बैठ गई, ''हम तो ऐसे लड़का से शादी नहीं करेंगे जो एतना छोटा बात पर माथा पकड़ लेता है!''

''तुमको पता नहीं है मंजरी! मास्टरजी के घर में पैदा होने का बोझ कितना भारी है। बहुत भारी...'' रवि ने कहा। रवि की इस बात से लगभग

हर उस बच्चे की वेदना झलक रही थी जिसपर मास्टर का बेटा होने का इतना दबाव रहता है कि वो आए दिन उस दबाव के तले ही टूटकर पिस जाता है। एक तो घर पर हमेशा स्कूल जैसा माहौल, दूसरा पूरे समाज की आशाएँ बचपन से ही उसके अंदर एक कुंठा भर देती है जो अक्सर बच्चे का भला करने से ज़्यादा बुरा ही करती है। रवि के अंदर जो चल रहा था, वो रवि जानता था। रवि को पता था कि उसके पिता कौन हैं। 'कौन हैं' से ज्यादा 'क्या हैं' क्योंकि जन्म से ही उसने अपने पिता को आदमी से स्मारक में तब्दील होता देखा था जिनकी हर जगह इज़्ज़त थी, जिन्हें हर जगह बुलाया जाता था, सुना जाता था। हालाँकि इस आत्मज्ञान ने उसे किसी बहुत बड़ी मुसीबत में जाने से बचा लिया क्योंकि उसके साथ मंजरी जैसी सुलझी हुई लड़की और मंटू जैसा आँख मूँदकर साथ देने वाला दोस्त था। साथ ही बब्बन जैसे आदमी का भी साथ होना मायने रखता है क्योंकि ये ही लोग असफलताओं का मज़ाक़ उड़ाने में आगे होते हैं। इस मायने में रवि ख़ुशक़िस्मत था।

"और तुम उस बोझ को बढ़िया से उठा रहे हो। टेंसन मत लो रे। इसका जीजा पुल बनाने वाला इंजीनियर है न, तुम कंप्यूटर चलाने वाला बनना। उसका जीजा रोड पर, सीमेंट बालू करेगा, तुम साला पंखा में बैठकर चाय पीना... चाय नहीं, अरे वो कड़वा बहुत लगता है क्या तो कहते हैं, कॉफी... कॉफी पीना टेबुल पर! इसका जीजा तुम्हारे सामने कुछ नहीं।" मंटू ने कहा तो सब हँस पड़े।

"हमारा जीजा कुछ नहीं है। रवि जब उतना बड़ा होगा तो उससे बड़ा आदमी बन जाएगा। लेकिन उसके लिए बारहवीं का बोर्ड पास करना पड़ेगा। जिसके लिए पढ़ना जरूरी है। खाली यहाँ दीया जलाने से कुछ नहीं होगा। चलो घर चलो, रिभीजन कर लो जाकर बहुत कम दिन है प्रीबोर्ड में। हम भी चलते हैं, मामी खोजती होगी।" मंजरी ने उठते हुए कहा।

***

रवि और मंटू फिर से स्कूल की दीवार पर बैठे थे।

''यार, फेल हो गई तो बहुत समस्या हो जाएगी,'' रवि ने मंटू से कहा।

''वो तो है। सुनो, मैथ में उसको दिक्कत है न, उसका क्वेश्चन चुरा लेते हैं ऑफिस से। और रिवीजन के नाम पर उसको वो सब सवाल रटवा देंगे। क्या बोलते हो?'' मंटू ने कहा।

''चल न बब्बन भैया से पूछते हैं,'' रवि ने कहा।

''अरे नहीं यार, इ सब काम में जितना कम लोग जानें उतना अच्छा है। टाइम बहुत कम है। बताओ करना है कि नहीं?'' मंटू ने पूछा।

''करना तो है ही, नै करने का सवाल ही नहीं है। सर्दी का टाइम है, ऑफिस में घुसने में भी आसानी होगा। धुँध में कोई नहीं देख पाएगा,'' रवि ने कहा।

''तुम मास्टरजी के रूम से चाभी ले लेना, रात में जाएँगे और निकाल लेंगे,'' मंटू ने कहा।

''न! चाभी वाला काम झंझट वाला है। वो हमेशा मास्टरजी के जनेऊ में रहता है। कुछ और करेंगे, मेरे पास एक प्लान है,'' रवि ने कहा।

दोनों मित्र प्लान बनाते हुए, रात की तैयारी के साथ अपने घर पहुँच गए।

परीक्षा वाले कमरे की छत एस्बेस्टस की थी। रवि और मंटू सबसे छिपते हुए, लगभग आधी रात को स्कूल पहुँच गए। रवि ने उसको नीचे रहने को बोला और छत पर चढ़ गया। यह छत उसके लिए जान-पहचान की थी। क्योंकि क्रिकेट मैच के दौरान उसने गेंद उतारते वक़्त एस्बेस्टस का वो टुकड़ा देखा था।

ऊपर चढ़कर रवि ने देखा कि जिस रिंच से वह वहाँ के नट खोलने आया थो, उनका साइज़ अलग था। मंटू नीचे खड़ा था, रवि उतर आया।

''बड़ा जल्दी काम हो गया? क्वेश्चन कहाँ है?'' मंटू ने पूछा तो रवि ने जवाब दिया, ''अरे गलत नंबर का रिंच ले आए। ऊपर का नट अलग है यार।

सलाय रिंच लाना पड़ेगा..."

"प्रिंसबा के पम्पिंग सेट में रहता है, चलो निकाल लेते हैं," मंटू ने कहा और दोनों दूसरी चोरी करने निकल गए। पम्पिंग सेट बाहर ही रखा था और थोड़ा खोजने के बाद कम्प्रेशर के फँसा हुआ रिंच मिल गया। फिर रवि ऊपर चढ़ गया और कमरे में छत से उतर आया। मुँह में टॉर्च पकड़े उसने प्रश्नपत्रों की फ़ाइल खोजनी शुरू की। थोड़ी कोशिश के बाद फ़ाइल दिखी। मंटू लगातार चौकसी कर रहा था। चौकसी करते हुए वह सामने तिवारी जी के घर पर की दीवार पर पेशाब करने लगा और दीवार पर पेशाब से 'तिवारी' लिखने लगा। चूँकि कोहरा बहुत था तो बहुत दूर दिख नहीं रहा था। भीतर में रवि ने फ़ाइल खोली और फिर बहुत ही सावधानी से मैथ का क्वेश्चन पेपर निकाल लिया। अब बारी आई वापस चढ़ने की तो कुछ भी वैसा नहीं था जिसकी मदद ली जाए।

रवि कूद तो गया था, लेकिन बाहर निकलने की समस्या था। खिड़की खोलकर उसने मंटू को बुलाया, "हम आ रहे हैं, लेकिन ऊपर से खींचना पड़ेगा।" खिड़की पर लात रखने से वहाँ का सीमेंट निकलकर टेबल पर गिर गया। रवि ने देखा तो नीचे आकर उस टुकड़े को हटाया और बालू आदि को फूँककर नीचे गिरा दिया।

बहुत सावधानी के साथ उसने दूसरी जगह पैर रखा और फिर खिड़की से बीच के पाइप पर हाथ रखते हुए सरकते हुए रवि वहाँ पहुँच गया जहाँ से कूदा था। फिर मंटू की मदद से वह निकल आया। एस्बेस्टस को पुरानी जगह सेट करके दोनों नीचे दीवार पर उतरे और कूद गए। मंटू ने रवि के हाथ से हाथ पर ताली दी और बोला, "अब तो साला हमको भी सौ नम्मर आएगा!" दोनों हँस पड़े। दोनों दौड़ गए, तभी एक कुत्ते ने भौंका तो मंटू तेज़ी से भागा।

कुत्ते की आवाज सुन तिवारी जी सड़क किनारे से लघुशंका मिटाकर जनेऊ कान पर रखते हुए मुड़े। धुँध में उन्होंने रवि को देख लिया जो पीछे था, मंटू दौड़कर निकल चुका था। रवि के हाथ का काग़ज़ देख आवाज लगाने को हुए लेकिन कुछ सोचकर रुक गए। फिर उनकी नज़र दीवार पर लिखे 'तिवारी' पर गया। दोनों लड़के अपने घर पहुँचे और तिवारी जी अपने घर घुस गए।

***

पूरा स्कूल, विद्यार्थी-शिक्षक-स्टाफ़ समेत ग्राउंड में था। बच्चे ज़मीन पर बैठ गए और शिक्षक कुर्सियों पर। मास्टरजी खड़े रहे, मानो बहुत बेचैनी हो। लड़कियाँ एक तरफ़ बैठी थीं, लड़के एक तरफ़। सब में खुसुर-फुसुर चल रही थी।

"रे बैठता है रे सब शांति से? बैठो चुपचाप, मछली बाजार बना दिया है। रे, आएँ रे? मारेंगे कनपट्टी लाल कर देंगे। बैठो आराम से। चुप हो जाओ। बैठो..." तिवारी जी ने बच्चों को धमकी दी। सब शांत हो गए।

मास्टरजी शिक्षकों की कुर्सियों की लाइन से थोड़ा आगे बढ़कर बोलने लगे:

"आज मेरी जिंदगी का बहुत ही महत्वपूर्ण दिन है। ये स्कूल मैंने और आपके कुछ शिक्षकों ने मिलकर बनाया है। हमने ईंट जोड़ी है, हमने इसकी दीवारें खड़ी की है, इसे रगड़ा है, इसे रंगा है, इसे धोया है... हर साल तुम आते रहे, और हम तुम्हारे लिए ये रंगाई करते रहे। जब मैंने शुरू किया था, तो सोचा था कि गाँव की स्थिति सुधर जाएगी। मैंने सोचा था कि शिक्षा से बेहतर कोई उपाय नहीं है समाज को बदलने का। अच्छी शिक्षा समाज को लंबे समय तक सँभाल सकती है। ये लक्ष्य था मेरा। लक्ष्य था कि तुम जब यहाँ से निकलो तो कोई उँगली न उठा सके। हम तुम्हें बताते हैं कि कौन-सी राह सही है। लेकिन आज मैं व्यथित हूँ। आज मैं व्यथित हूँ क्योंकि शायद पूरे स्कूल को सँभालने के चक्कर में मेरे घर में ही अँधकार रह गया। आज वो हुआ है जो कभी मैंने सोचा भी नहीं था। आज मेरा विश्वास टूटा है। आज मुझे चोट पहुँची है कि मेरी शिक्षा में कमी रह गई। आपलोग सोच रहे होंगे कि आज, अचानक से मैं ये क्यों बोल रहा हूँ... रवि कुमार आप आगे आइए"

मास्टरजी ने कहा तो मंटू के चेहरे का रंग उड़ गया। रवि ने मंटू की तरफ़ भरोसे की निगाह से देखा मानो कह रहा हो कि चिंता की बात नहीं वो सँभाल लेगा। रवि चेहरा सपाट किए आगे बढ़ा।

मास्टरजी ने उसे एक बार देखा और कहा, "इससे मिलिए। ये मेरे बेटा है, और ये चोर है। इन्होंने कल रात स्कूल के परीक्षा कक्ष से प्रश्नपत्र चुराया है। और इस कारण मैं इन्हें इस विद्यालय से इसी वक्त निष्कासित करता हूँ।"

मास्टरजी ने यह कहा और अपनी जगह से मुड़ते हुए वापस चले गए। जाते वक़्त उनकी उँगलियाँ वहीं खड़े रवि की उँगलियों से क्षणभर को टकराए और अलग हो गए।

यह सुनकर तिवारी जी अकेले ऐसे आदमी थे जो ख़ुश हुए, बाक़ी शिक्षकों ने उनकी ओर देखा तो वे शांत हुए। मंटू रो रहा था। रवि के और दो तीन दोस्त भी रो रहे थे। मंजरी को अभी तक पता नहीं था। उसने मंटू की ओर देखा तो मंटू रो रहा था। सभा ख़त्म हो गई। मंटू दौड़कर आया और रवि से लिपटकर रोने लगा। मंजरी अपनी जगह पर अवाक् खड़ी थी। दो तीन और लड़के आए और रवि को घेरकर खड़े हो गए। बाक़ी लोग वापस अपनी क्लास में जाने लगे। छोटे बच्चे रवि के साथ मंटू को रोते देख अजीब तरह से देखते हुए आगे जा रहे थे।

***

रवि वापस अपने वर्तमान में आ चुका था। अभी वह वहीं खड़ा था, जब उसे सालों पहले गर्दन झुकाकर निकलना पड़ा था। स्कूल का वही ग्राऊंड था और मास्टरजी की जगह आज उनकी एक तस्वीर उसी जगह एक टेबल पर रखी थी जहाँ वे सालों पहले खड़े थे उस सभा में जब रवि को स्कूल से निकाला गया था। पास ही सात आठ कुर्सियाँ लगी थीं। लेकिन उस पर कोई बैठा नहीं था। वहाँ शोकसभा में पुराने छात्रों का ताँता लगा रहा, वे विधायक भी आए थे जिन्होंने कभी रवि से उसकी ज़िंदगी का सबसे महत्वपूर्ण सवाल पूछा था, जिसका जवाब रवि को शायद आज तक नहीं मिला था।

धीरे-धीरे सब चले गए लेकिन एक आदमी देर तक मास्टरजी की तस्वीर देखता रहा। जब उसे एहसास हुआ कि आसपास कोई नहीं है तो वह उठा और रवि की तरफ़ बढ़ने लगा। तभी उसके पीछे चार आदमी अपनी रायफ़ल के साथ चलने लगे। उसने माताजी के पैर छुए और रवि के सामने हाथ जोड़कर बोलने लगा, "रवि भैया, हम किसी काम आ सकें तो बताइएगा। मास्टरजी के जाने से हमारी तो निजी क्षति हुई है। हमको राह दिखाने वाला चला गया।"

उसकी आँखें भर आईं। रवि ने उसका हाथ अपने हाथों में ले लिया और पूछने लगा, "जी जरूर, लेकिन माफ कीजिएगा मैं आपको पहचान नहीं पाया!"

"अरे, ये चुन्नू है। जिसको तुम किताब देते थे हर साल। खगड़िया में कलक्टर है अभी," माताजी ने कहा।

चुन्नू की आँखें भर आईं, "मैं जो भी हूँ रवि भैया, सब मास्टरजी के कारण है।"

आँगन में माताजी, मंजरी, मीठी और रवि बैठे थे। माताजी के हाथ में एक अल्बम थी जिसमें पुरानी तस्वीरें थीं। रवि के बचपन से लेकर, स्कूल के बनने, बनाने और उसके हर छोटे-बड़े आयोजन की तस्वीरें उसमें थीं। मीठी

हर तस्वीर पर हाथ रखकर पूछ रही थी, "ये कौन है?" तो मंजरी बताती कि 'ये दादाजी हैं, ये पापा हैं, ये स्कूल है, ये दीवार बन रही है, ये विधायक जी हैं, ये मम्मी है' आदि आदि। ये सब करते हुए मीठी दूसरी तरफ़ चली गई।

"ये देखो उनको, हर जगह एक ही जैसा मुँह बनाए सीरियस जैसा खड़े हैं," माताजी ने रवि और मंजरी के शादी की एक तस्वीर में मास्टरजी को देखा तो कहा। फिर दूसरी फ़ोटो में मास्टरजी स्कूल के किसी प्रोग्राम में बोल रहे थे तो माताजी बोल पड़ीं, "ये आवाज... माइक पर इनके जैसी आवाज का जोड़ा नहीं था। अब कोई नहीं सुन पाएगा..." माताजी उदास होते हुए बोलीं तो रवि ने कंधे पर हाथ रख दिया, "तुम्हारी आवाज तो उनसे थोड़ी मिलती जरूर है लेकिन मास्टरजी का कविता पाठ, भाषण... सब कितना सुंदर लगता था, रोज स्कूल से आवाज सुनते थे, लगता था पास ही बैठे हैं और हम को ही कविता सुना रहे हों, 'सुनूँ क्या सिन्धु मैं गर्दन तुम्हारा, स्वयं ही युगधर्म का हुंकार हूँ मैं'"

"अरे वाह माँ, दिनकर की कविता है ये। तुमको याद है?" रवि ने आश्चर्य से कहा।

"हाँ रे, सिमरिया के थे दिनकर जी। ये सब हमको पता है। मास्टरजी हमको सब बताते थे..." माताजी ने कहा।

तब तक मीठी कहीं से घूमकर आई और फिर रवि से बोलने लगी, "पापा मेरी पतंग कहाँ है? मैंने कहा था न पतंग लाने को। मुझे पतंग चाहिए," मीठी ने ज़िद बाँध ली।

"मीठी बेटा, भूल गया। कल ला दूँगा, ओके?" रवि ने कहा।

"नोट ओके! मुझे पतंग चाहिए! मेरी पतंग ला दो पापा, प्लीज," मीठी लगातार बोले जा रही थी।

"अब यहाँ कहाँ पतंग मिलेगी? एक मिनट," रवि ने फ़ोन निकाला और डायल किया, "अरे बब्बन भैया, हम रवि? ये मीठी पतंग की जिद कर रही है। है क्या आपके यहाँ? अच्छा मिल जाएगी? ठीक है जरा भिजवा दीजिए।"

थोड़ी देर बाद बब्बन का बेटा संतोष पतंग लेकर आ गया जो कि उड़ने को तैयार थी, और धागा लगा हुआ था। देखते ही मीठी ने मंटू को 'थैंक्यू भैया' कहा और पतंग लेकर पहले अपने कमरे में गई। फिर छत पर चली गई।

थोड़ी देर बाद मीठी ने पापा को आवाज दी, ''ये उड़ती क्यों नहीं? पापा ये उड़ नहीं रही, उड़ा दो न?''

''बेटा उसको उड़ाना पड़ता है। रुको एक मिनट मैं आता हूँ,'' रवि ने कहा। फिर रवि और संतोष ऊपर आ गए। संतोष के हाथ में चकरी थी और रवि ने पतंग उठाया। उस पर मीठी ने 'मास्टरजी' लिखा हुआ था। रवि को मीठी ने ये देखते देखा तो बोली, ''ये तो दादाजी को भेजनी है, कहीं खो गई तो या ऊपर किसी और के पास चली गई तो? फिर मेरा मैसेज कैसे मिलेगा? समझे बुद्धू पापा?''

रवि की आँखें भर आईं। उसने मीठी के हाथ में पतंग दी और उसे कमर से पकड़कर उठा लिया। संतोष ने ढील देना शुरू किया और मीठी ने पतंग छोड़ दी। पतंग हवा में ऊपर उठती रही और रवि, मीठी ऊपर देखते रहे। थोड़ी देर में वो बहुत ऊँची चली गई।

रवि अपने घर की छत पर मंजरी के साथ खड़ा था। वह हर तरफ़ अजनबी की तरह अपने गाँव के बदलते स्वरूप को देख रहा था। बचपन के गाँव और आज के गाँव में बहुत अंतर आ गया था।

''पहले यहाँ खेत ज्यादा थे, उधर गाछी था। उस तरफ सड़क के नाम पर बस एक पगडंडी थी। लोग तो खेत की मेड़ को भी जोत लेते थे, आज वहाँ सड़क हो गई है... कमाल है दस साल में इतना कुछ बदल गया और मैंने कभी देखा तक नहीं!'' रवि बोल रहा था।

''तुम तो आते भी थे पाँच दिन के लिए, उसमें कितना देखोगे... बाहर निकले कब। ये दस साल में नहीं बदला है बेटा। ये मास्टरजी के तीस साल की मेहनत है... वो हमेशा कहते थे कि अगर पूरी पीढ़ी को बचपन से जवानी तक शिक्षित कर दो, तो समाज हमेशा के लिए सुधर सकता है। अब उनकी बातों का मतलब दिख रहा है। पहले मास्टरजी दूसरों के घर से बच्चे लाते थे, फ्री में पढ़ाते थे, गाँव के सब भेदभाव, लड़ाय-झगड़ा, फलना-चिलना, पछत्तर तरह का समस्या था। वो कहते थे कि उनकी पहली क्लास का बच्चा जब बाप बन जाएगा तब असली बदलाव दिखेगा। आज स्कूल में उनके पढ़ाए बच्चे अपने बच्चों को लेकर आते हैं। तुम जब से गए, तब से बहुत कुछ बदला है। दिमाग

भी, गाँव भी... लेकिन तुम्हारे पिता इससे भी बहुत ज्यादा खुश नहीं थे। देखा नहीं बोर्ड पर कल क्या लिख कर गए...''

''लगता है यह गाँव नरक का, भोजपुरी अनुवाद है'' रवि बुदबुदाया, ''माँ एक पीढ़ी और दुरुस्त करनी पड़ेगी। उनके जैसे लोग की जरूरत है हर गाँव को। अगर ये पीढ़ी अपने माता-पिता और मास्टरजी के आदर्शों पर चलने लगे तो बहुत कुछ बदल सकता है।''

''चाय पी लो, ठंढी हो जाएगी,'' मंजरी ने टोका।

''हाँ...'' रवि ने कप से एक सुड़की ली और बोलने लगा, ''पूरी जिंदगी पिताजी को कभी भी पिता के रूप में नहीं देख पाया। वो मास्टरजी ही रहे। मन में उनके लिए गुस्सा भी रहा है, डर भी रहा है। उनसे कभी भी ठीक से नजर मिलाकर बात तक नहीं की। कितना कुछ सीखने को था, क्या कुछ बनने को था... लगता है मेरा कल रेत की तरह मेरी मुट्ठी से निकल गया और बंद मुट्ठी में सिवाय हवा के कुछ नहीं रहा जिसके इस पार से उस पार मैं देख सकता हूँ और वहाँ कुछ नहीं है। जब उन्हें समझने की कोशिश कर रहा हूँ तो वो खुद ही चले गए।''

''मास्टरजी अब गाँव के हर घर में हैं, हर गली में उनकी छाप दिख जाएगी। इतने लोगों को पढ़ाया है कि कोई-न-कोई उनकी इस बात को आगे जरूर बढ़ाएगा, मुझे विश्वास है,'' मंजरी ने कहा, ''तुम खुद उनकी जिद को उसके मुकाम तक पहुँचा सकते हो।''

''नहीं, नहीं! तुम जहाँ हो वहीं रहो। अच्छी नौकरी है, घर है। गाँव में रह नहीं पाओगे। यहाँ सुधार करने वाला यहीं का होना चाहिए, जिसे लोग पहचानते हैं, जिस से बात कर सकते हों बेझिझक... तुम तो घर में ही पराए हो... यहाँ तुम्हें सब बाबू साहब मानकर देखते हैं। वो तुम्हें अपनाने में ही बरसों लगा देंगे।'' माताजी ने कहा।

''अरे माँ! मैं कौन-सा अभी ही रुक रहा हूँ। मुझे लगा कि मेरी जरूरत है यहाँ। हम तो धोबी के कुत्ते हो जाते हैं जैसे ही घर छोड़ते हैं। बंबई में बिहारी और बिहार में बंबई वाले... घर छोड़ने वाले तो कहीं के नहीं होते!'' रवि ने थोड़ी उदासी से कहा।

''मुझे लगता है तुम्हें यहीं सुकून मिलेगा। पता नहीं क्यों, पर मुझे लगता

है कि इस बार जिस वक्त तुम स्टेशन से रिक्शे पर बैठे हो, गाँव को अपना होते हुए भी एक अजनबियत से देख रहे हो... मैं तुम्हें देखती हूँ गाँव की चिंता में, खुशहाली में, परेशानी में... तुम यहाँ नहीं रहकर भी यहीं रह गए हो।'' मंजरी ने कहा।

''शायद तुम सही हो। मेरे दिमाग में स्कूल, वो ग्राउंड, सारे शिक्षक, विद्यार्थी... ये सड़कें, चौक, मंदिर... सब घूमते रहे हैं। मुझे नहीं लगता मैं यहाँ से भागकर भी कहीं जा पाया। दौड़ तो लगाई थी, लेकिन शायद पहुँचा नहीं कहीं। कमोबेश ये कश्मकश सिर्फ़ मेरी ही नहीं, हमारी पूरी पीढ़ी की है जो अपने ही घरों में मेहमान... शायद अनचाहे मेहमान हो जाते हैं। वो ये जानते हैं, इसीलिए साल में एक बार घर आते हैं, फिर अपनों के जाने के बाद वो वापस नहीं आते! इतनी बातें, इतनी जगहें, इतने लोग... इनसे भागना उन्हें सबसे आसान लगता है। लेकिन शायद ही कोई पूरी तरह से भाग पाता है। उसके शर्ट का कोई हिस्सा घर की किवाड़ में हर बार फँस जाता है।'' रवि ने गंभीरता से कहा।

''बेटा, किवाड़ तो बाबा के घर की है! वो जब तक रहेगी, शर्ट तो फँसता ही रहेगा,'' माँ ने नीचे घर की किवाड़ को देखकर कहा जो पुरानी थी और उस पर पुराने दौर की जंजीर लगी थी। उसपर कोई रंग नहीं था। वो अपने बेरंग होने के बावजूद सीधा खड़ा था मानो उसे किसी सहारे की ज़रूरत नहीं।

''जरा गौर से देखो तो माँ! ये सखुआ की किवाड़ें कैसे ताकती हैं आँखों में आँखे डाले कि आना तो सबको इसी के भीतर है। ऐसे खड़ा है जैसे कह रहा हो कि मैं यहीं से गया, यहीं से वापस आऊँगा!'' रवि ने कहा तो सब देखने लगे।

''ये पुराने घर का है। इसे तुम्हारे बाबा ने ही बनवाया था। इतना मजबूत है कि मास्टरजी ने नया घर बनाने के बाद भी इसे अपने पिता की निशानी के तौर पर रख लिया। मैंने कहा कि मेल नहीं खाता, उनका जवाब था कि वो भी मेल नहीं खाते थे घर में। घर में सब छोटे थे, वो लंबे, सब साँवले थे, वो एकदम काले... बस मान लो की तुम्हारे बाबा किवाड़ जैसे ही थे। लंबे और काले रंग के, और सुंदर तो बहुत ही ज्यादा। तुम्हारी नाक और आँख तुम्हारे बाबा के जैसी है। शायद इसीलिए तुम्हारी शर्ट वहाँ अटकती है। वो हैंडल बाद

में लगाया है, जंजीर किसी से चढ़ती नहीं।'' माँ ने बताया।

''लगता है बाबा को हैंडल पसंद नहीं है,'' रवि ने कहा।

''क्या पता, जिस पोते को देख नहीं पाए, उसे बार-बार बुलाते हों अपने पास! कुछ कहना चाह रहे हों,'' मंजरी ने कहा।

***

शाम हो गई थी। रवि घर से निकला और उस तरफ़ को निकल गया जहाँ उसके पिता के सम्मान में 'डॉ. विवेकी राय पथ' वाला पत्थर था। उस पर तमाम तरह के पर्चे और पोस्टर चिपकाए हुए थे। दूर से सर्दी के धुँधलके में उस पत्थर पर कोई बैठा हुआ लग रहा था। पास आने पर दिखा कि दो लोग बैठे हुए मोबाइल फ़ोन पर कुछ देख रहे थे, और रवि को आते देख उठकर चले गए।

रवि वहाँ पहुँचा और उस पत्थर को घूम-घूम देखने लगा। उस पर चिड़िया की बीट से लेकर पान की पीक तक थी। तभी वहाँ कोई अनजान लड़का रुका और रवि को नमस्कार करके बात करने लगा, "परनाम रवि भाय, मास्टरजी ने सबकुछ किया गाँव के लिए और कुछ लोग उनके नाम को भी स्टूल समझकर बैठ लेते हैं।"

रवि ने उसके प्रणाम का जवाब दिया और उस पत्थर को साफ़ करने में लग गया। वह लड़का ये बात कहते हुए रवि को वहाँ से बाक़ी पोस्टर हटाते देख रहा था। रवि उस पर चिपके हुए पोस्टर आदि को धीरे-धीरे छीलकर हटाने लगा। उस पर पार्टी के पोस्टर से लेकर किसी कोचिंग के इश्तेहार, और स्कूल आदि के पैम्फलेट चिपके हुए थे। उसी को उखाड़ने के क्रम में एक पैम्फलेट दिखा जो किसी सेंट थॉमस स्कूल का था।

"हिंदी, ठेठी भूल जाओ और सैंट थॉमस में इंग्लिश मीडियम में पढ़ो! हो क्या रहा है अँग्रेजी के पीछे भागने के चक्कर में! क्या-क्या हो गया मेरे पीछे! हा हा हा... सैंट थॉमस गोवा से मद्रास होते हुए बिहार के गाँवों में भी पहुँच रहे हैं। बढ़िया है।" रवि मुस्कुरा रहा था।

"अभी तो एक ही दिखा है न! यहाँ हर सुबह अलग-अलग स्कूल की गाड़ियाँ आती हैं और बच्चे लेकर जाती है।" पीछे खड़े लड़के ने कहा।

"ये तो अच्छी बात है ना..." रवि ने साफ़ करते हुए कहा।

"घंटा अच्छा है... अरे इंग्लिश मीडियम देखकर माँ-बाप भेज देते हैं और वहाँ के मास्टरों को ही अंग्रेजी नहीं आती। हम तो वहाँ के मास्टर सब से भी

बात किए हैं। किसी को कुछ नहीं आता। मास्टरजी का सरकारी स्कूल लाख गुणा बढ़िया है। ये पढ़ाई के नाम पर धंधा चला रहे हैं। और कुछ नहीं... ख़ैर ये ऐसे साफ़ नहीं होगा। हम पानी लेकर आते हैं।'' उसने कहा और जाने को मुड़ा।

''अरे नहीं, हम कर लेंगे। तुम कहाँ पानी के लिए जाओगे। हम कर लेंगे।'' रवि ने उसको रोकते हुए कहा।

''अकेले कर लीजिएगा? चलिए ठीक है फिर। चलते हैं। माताजी धनिया लेने भेजी थी कपिलबा दोकान से। लड़कों का जन्म धनिया लाने के लिए ही हुआ है! हीं हीं हीं... परनाम!'' लड़का वहाँ से चला गया। रवि अपने काम में लगा रहा। धुँधली होती रात में उसके पिता के नाम का वो पत्थर धीरे-धीरे साफ़ होता जा रहा था। अंततः उस पर उकेड़ा गया 'डॉ. विवेकी राय पथ' दिखने लगा था। रवि थोड़ी दूर खड़ा होकर उस पत्थर को देखने लगा। फिर उसने सड़क के दोनों तरफ़ देखा। अँधेरे सड़क पर उसने ज्योंहि निगाह डाली की गाँव में बिजली आ गई। दोनों तरफ की सड़क बिल्कुल साफ़ दिख रही थी। रवि मुस्कुरा रहा था।

रवि वहाँ से गाँव के चौक की तरफ़ निकल पड़ा जो कि थोड़ी ही दूर पर था। रास्ते में इक्के-दुक्के लोग आ जा रहे थे। कुछ रवि को पहचानकर नमस्ते कह देते, तो कुछ घूरते हुए निकल जाते। रवि चौक पर पहुँचा। बाज़ार तो लगा था पर चहल-पहल थोड़ी कम थी। टहलते हुए वह वहाँ पहुँचा जहाँ कभी ताड़ी की दुकान हुआ करती थी। दुकान अभी भी वैसा ही दिखता था। वहाँ कोई दुकानदार नहीं था। रवि जिज्ञासावश दुकान की तरफ़ बढ़ा। वहाँ पास जाने पर दुकान बंद मिली। डिस्को छप्पर की छत अभी भी थी, और बाँस का ढाँचा वहीं था। हाँ, अंदर में ख़ाली कमरे में जहाँ कभी कोई दरवाज़ा नहीं था, वहाँ अब दरवाज़ा लगा था। पास ही उत्सुकतावश रवि उस तरफ़ बढ़ा जहाँ कभी 'रमेसर महाविद्यालय' था। उस गाँजे की दुकान पर, जो आज भी बाँस और डिस्को छप्पर का ही था, नेलपॉलिश से ही 'महाविद्यालय' को खुरचकर हटाने के बाद 'फल भंडार' लिखा हुआ देखकर रवि के चेहरे पर एक मुस्कुराहट छा गई।

चौक से लौटकर रवि अपने कमरे में आया। बैठने के लिए जब उसने बिस्तर को देखा तो वहाँ कुछ सामान पड़ा था। फिर वहाँ से उठकर अपनी टेबल के सामने पड़े कुर्सी पर बैठ गया। गाँव का घर था, बहुत ज़्यादा सोफ़िस्टिकेशन नहीं। एक चौकी थी एक तरफ़ और एक तरफ़ खिड़की के पास एक टेबल थी जिस पर न्यूज़पेपर के पन्ने बिछाए हुए थे। दीवार पर सफ़ेद रंग से पुताई हो रखी थी। रवि ने उस कमरे को टटोलना शुरू किया। वह टेबल के सामने वाली कुर्सी पर बैठा और टेबल लैम्प जलाने लगा। फिर उसने दो तीन बार जला-बुझाकर ऑफ़ कर दिया। इसी जलाने बुझाने के क्रम में उसका ध्यान टेबल के दराज़ की कुंडी पर गया। उसने उसे बाहर खींच लिया।

इस दराज़ में मोड़े हुए हीरो-हीरोइन की तस्वीर वाला पेपर था, एक दो तारें थीं, टूटा हुआ स्विच था, पेंसिल का टुकड़ा, ख़त्म रिफिल की पेन... और वहीं थोड़ा और खींचने पर उसे वो मैथ का क्वेश्चन पेपर (हाथ से लिखी कार्बन कॉपी) दिखा। दराज़ थोड़ी और खींचने पर उसे एक और काग़ज़ का टुकड़ा दिखा। उस काग़ज़ पर लिखा था, ''तुम कुछ नहीं बन पाओगे।'' नीचे तिवारी मास्टर साहब के हस्ताक्षर थे। दोनों पेपर को बाहर निकालकर वह पढ़ने लगा। उसने टेबल लैम्प जला लिया ताकि पढ़ने में आसानी हो। फिर उसने तिवारी जी वाले पन्ने को ऐसे देखा मानो वह हार गया था उनसे, ''तिवारी सर आप जीत गए।''

रवि के चेहरे पर एक अजीब-सा भाव था। उस पन्ने को देखते-देखते रवि सामने की दीवार जो टेबल से लगी हुई थी, उसको खुरचने लगा। फिर वह कुर्सी से उचककर आधे बैठने, आधे खड़े होने की मुद्रा में उसे खुरचा तो उसके बचपन में बनाए रूटीन का पन्ना दिखा वहाँ जिसपर कम-से-कम पाँच बार रंग चढ़ चुका हो। उसने एक कोना पकड़कर, बहुत ही सावधानी से उस पन्ने को दीवार से उतारने की कोशिश की। पन्ना चूने के रंग सहित धीरे-धीरे बाहर आ गया। रवि ने पन्ने को झाड़ा-पोछा तो लिखा हुआ सबकुछ दिखने लगा। इतने बजे जगना, इतने बजे गणित पढ़ना, इतने बजे स्कूल... और पन्ने पर सबसे अंत में अँग्रेज़ी में लिखा हुआ था, ''देयर इज नो शॉर्टकट टू सक्सेस।'' रवि ने जब रूटीन वाले पन्ने को टेबल पर रखा तो वहीं साथ में चोरी का क्वेश्चन पेपर पड़ा हुआ था। वहीं 'तुम कुछ नहीं कर पाओगे' लिखा

वो काग़ज़ का टुकड़ा भी था जो थोड़ा अलग पड़ा था। रवि ने तीनों काग़ज़ों को देखा। उसके चेहरे पर एक फीकी मुस्कान थी।

फिर रवि ने सोने के लिए बिस्तर से सामान हटाना शुरू किया और हटाने के बाद उसे दोबारा वहीं रखने लगा। उस कमरे से निकलकर वह मास्टरजी के कमरे में गया। वहाँ मास्टरजी का बिस्तर मोड़कर रखा हुआ था। रवि ने बिस्तर को बिछाना शुरू किया। बिछाते हुए उसकी नज़र मास्टरजी की टेबल पर गई। फिर वह टेबल पर गया जहाँ उनकी डायरी रखी हुई थी। रवि ने डायरी उठा ली और सबसे अंतिम पन्ने पर गया, जोकि उनके मरने की तारीख़ थी। वहाँ कुछ लिखा था। फिर वह पन्ने पलटने लगा और मयूरपंख से बने बुकमार्क वाले पन्ने पर रुका। वहाँ मास्टरजी ने एक अलग तरह के पन्ने में कविता लिख रखी थी और सबसे ऊपर एक तारीख़ लिखी थी और आगे लिखा था, ''तुम्हारे लिए,'' मानो मास्टरजी को पता था कि रवि एक दिन पढ़ेगा।

तभी माताजी की आवाज आई, ''सोए नहीं अब तक?''

रवि ने झट से वो पन्ना मोड़कर जेब में रख लिया, ''हाँ, थोड़ी देर में सो जाऊँगा।''

यह कहते हुए रवि कमरे से बाहर निकलकर, ऊपर की जेब पर हाथ रखे छत की तरफ़ बढ़ने लगा। तीसरे कमरे से मंजरी ने उसे ऊपर जाते देखा।

अकेले जगह की तलाश में रवि छत पर चला गया जहाँ कोने में एक जगह बल्ब लगा था, जिस पर टिन का शेड था। बल्ब जल रहा था। रवि वहाँ जाकर उस पन्ने को जेब से निकालकर पढ़ने लगा। वह बस मन ही मन पढ़ रहा था और फिर अचानक पन्ने पर आँसू गिरने लगे। तब तक उसके पीछे मंजरी आ गई थी जिसके आने का आभास उसे शायद हुआ या नहीं, पता नहीं। ऐसे टूटते रवि के कंधों पर मंजरी का हाथ था और उसके हाथ पर रवि का हाथ। रवि रो रहा था। रवि ने उँगली से तारीख़ दिखाई और फिर रोने लगा। उसके दिमाग़ में मास्टरजी की आवाज में वो कविता पढ़ी जा रही थी। अंतिम लाइन पर उसके मुँह से बस इतना ही निकला, ''मंजरी, हमेशा देर कर देता हूँ मैं!'' फिर मंजरी की आँखें भी नम हो गईं। अँधेरे और कोहरे की धुँध में लाइट धुँधली होकर काली हो गई।

कविता कुछ ऐसी थी:
हमेशा देर कर देता हूँ मैं

ज़रूरी बात कहनी हो
कोई वादा निभाना हो
उसे आवाज़ देनी हो
उसे वापस बुलाना हो
हमेशा देर कर देता हूँ मैं

मदद करनी हो उसकी
यार का ढाढस बँधाना हो
बहुत देरीना रास्तों पर
किसी से मिलने जाना हो
हमेशा देर कर देता हूँ मैं

बदलते मौसमों की सैर में
दिल को लगाना हो
किसी को याद रखना हो
किसी को भूल जाना हो
हमेशा देर कर देता हूँ मैं

किसी को मौत से पहले
किसी ग़म से बचाना हो
हक़ीक़त और थी कुछ
उस को जा के ये बताना हो
हमेशा देर कर देता हूँ मैं
–मुनीर नियाज़ी

***

सर्दी की सुबह कोहरे ने हर तरफ़ घेर रखा था। स्कूल की तरफ़ से दिनकर की रश्मिरथी के पाठ की आवाज़ आ रही थी, ''याचना नहीं अब रण होगा, जीवन जय या कि मरण होगा।''

रवि की माँ की नींद टूटी। उनके कानों में पहुँचती यह आवाज़ जानी-पहचानी लग रही थी। स्कूल पास ही में था और बच्चे ज़ोर-ज़ोर से अपने शिक्षक की आवाज़ (जो सुनाई नहीं दे रही थी) के बाद दोहरा रहे थे। माताजी के कानों में एक पुरानी आवाज़ लौट आई। यह आवाज़ मास्टरजी की थी। माताजी बिस्तर से उठीं और चप्पल में पैर रखकर पुरानी आवाज़ को कानों में लिए आगे बढ़ने लगीं।

कोहरे में बहुत आगे नहीं दिख रहा था। लेकिन वो आवाज़ को दिमाग़ में लिए आश्चर्य और बदहवासी के साथ धीरे-धीरे आगे बढ़ती जा रही थी। स्कूल के गेट के पास पहुँचकर वह रुक गई। उनके सामने एक क्लास का दरवाज़ा था, जो खुला हुआ था। वह आगे बढ़ती गईं और कोहरा छँटता गया। आसमान में सूरज निकल रहा था। धरती पर कोहरा ख़त्म हो रहा था। माताजी की आँखों के सामने मास्टरजी की चप्पल थी, फिर नज़र जैसे जैसे ऊपर उठती गई, पुरानी आवाज़ की जगह नई आवाज़ें आने लगीं। वही पुरानी धोती दिखी, पूरी तरह से सफ़ेद और बेदाग़। क़ुर्ता और फिर गमछी, हाथ में किताब और दूसरे हाथ में चॉक। माताजी को मास्टरजी दिख रहे थे। लेकिन वह रवि था। उसने माँ की तरफ़ देखा और मुस्कुराने लगा। माँ भी मुस्कुरा रही थी। बच्चे कविता की पंक्तियाँ दोहरा रहे थे।

मंजरी भी आवाज़ से जगी जब बच्चों की आवाज़ आ रही थी, ''दुर्योधन रण ऐसा होगा, फिर कभी नहीं जैसा होगा!'' अपनी जगह से उतरते ही रवि के टेबल पर उसकी निगाह गई। वहाँ हाथ से अँग्रेज़ी में लिखा एक पत्र था। काग़ज़ एक आवेदन-पत्र जैसा था जिसका विषय था 'रेजिग्नेशन लेटर'। पास

में तिवारी मास्टर वाला कुचला हुआ काग़ज़ पड़ा था जिसका वो हिस्सा दिख रहा था जिसमें 'नहीं बन पाओगे' लिखा था। मंजरी टेबल के क़रीब गई और उसने पत्र को धीरे से देखा, जिसे पढ़ रही हो। अंत में 'सिग्नेचर' की जगह ख़ाली पड़ी थी और उस पर एक खुले क़लम की नींब रखी थी।

इति श्री